U0083672

中國語言文字研究輯刊

二一編

許學仁 主編

第11冊

里耶秦簡（壹）文字研究（下）

葉書珊 著

花木蘭文化事業有限公司

國家圖書館出版品預行編目資料

里耶秦簡（壹）文字研究（下）／葉書珊 著 -- 初版 -- 新北市：
花木蘭文化事業有限公司，2021〔民110〕
目 4+194 面；21×29.7 公分
（中國語言文字研究輯刊 二一編；第 11 冊）
ISBN 978-986-518-664-7（精裝）
1. 簡牘文字 2. 研究考訂
802.08 110012604

中國語言文字研究輯刊
二一編 第十一冊 ISBN：978-986-518-664-7

里耶秦簡（壹）文字研究（下）

作　　者　葉書珊
主　　編　許學仁
總 編 輯　杜潔祥
副總編輯　楊嘉樂
編　　輯　許郁翎、張雅淋、潘玟靜　美術編輯　陳逸婷
出　　版　花木蘭文化事業有限公司
發 行 人　高小娟
聯絡地址　235 新北市中和區中安街七二號十三樓
　　　　　電話：02-2923-1455／傳真：02-2923-1452
網　　址　http://www.huamulan.tw 信箱 service@huamulans.com
印　　刷　普羅文化出版廣告事業
初　　版　2021 年 9 月
全書字數　165831 字
定　　價　二一編 18 冊（精裝）　台幣 54,000 元　

里耶秦簡（壹）文字研究（下）

葉書珊 著

目次

上冊

下　冊

表格目次

第六章　結　論

本文研究重心在於里耶秦簡的筆勢、結體之整理與分析，以及字形、風格的比較。有關文書傳遞、官員職稱、戶籍人口、地理等的課題，前人多有論述，然仍陸續有學者發表簡牘重新綴合與校釋的論文，再再提供里耶秦簡更新的資料。本章第一節總結第二章至第五章的研究成果，並將所舉字例統整為一覽表。第二節為未來展望。

第一節　研究成果

一、里耶秦簡的書寫狀態

（一）簡牘的正背面書寫關係

有些里耶秦簡正背面都有書寫文字，計可分為三種。第一種：背面下方標有「手」字。這類簡正面是正文的內容，記錄當時的年月日期，再記錄要傳達、存檔、分類的事項；背面則記載簡牘發送的日期與收發的人名，並標示「某發」、「半」這些書信發、收用語。而依「手」字出現的次數，可再細分為一、二、三個「手」字，第二章第一節的論證可知，無論簡中記載幾個「手」字，正背面文字皆出自同一書手，表示整支簡全係由一位書手完成。至於，第二、三種正、背皆有書寫文字的簡，則多為習字簡、檢楬類簡。此類簡中則因為沒有書寫「手」字，故無法與書手的身分關係作連結。

（二）簡牘中同書手字形風格

經由對里耶秦簡中同書手字形風格的分析，歸納出「壬手」的字形風格可分為五種，而「慼手」的字形風格則可分為六種，可見雖然標示了同一書手的名字，但其字形書寫風格卻不同，也應證了簡中標示「某手」的字樣並非「壬」、「慼」等人親自簽名的筆跡，而是另有他人代筆。

第二章第二節討論簡牘中同書手的字形風格，發現里耶秦簡中有明確署名的職稱有「守」、「丞」、「史」、「吏」四種；由某手的字形風格分析，可證書手的署名並非以上四種職稱者親筆簽名的。可見里耶秦簡的某手字樣，職位不夠高是不能記載於簡上的，而職稱未記載於簡上的書手即為小書吏；而且負責抄寫文書副本工作的小書吏當不只一人，這也就造成簡中同一書手的署名卻有不同字形風格的情況。

二、筆　勢

（一）圓、方、弧、直筆

第三章第一節依筆畫的線條與小篆相比，並按轉折、轉彎角度，將簡文分為圓筆、方筆、弧筆、直筆四種筆勢，以下以表格表示：

表 6-1：圓、方、弧、直筆之字例一覽表

分類	字　例	數目
圓筆	八、凡、千、田、半、司、四、見、牢、束、兩、免、定、者、男、酉、邑、門、軍、家、畜、買、萬、當、薄	25
方筆	乙、八、凡、亡、千、女、山、毛、卅、田、正、司、四、妃、此、如、臣、吳、作、牢、廷、束、兩、免、治、官、定、男、酉、邑、門、直、軍、家、畜、員、倉、唐、曹、報、須、道、買、萬、當、傳、貲、[illegible]	48
弧筆	乙、亡、女、上、毛、正、妃、此、如、臣、作、見、廷、官、者、直、員、曹、報、須、道、貲、薄	23
直筆	千、上、山、卅、半、吳、見、治、倉、唐、傳、[illegible]	12

可見方筆較圓筆筆勢所佔數目為多，符合郭沫若所言：「變圓形為方形」，即圓筆變方筆的趨勢，為篆書與隸書的差別。然而弧筆較直筆所佔數目為多，與郭氏所言：「變弧線為直線」即弧筆變直筆的趨勢不符，此乃因里耶秦簡正

處於篆書與隸書的過渡階段，尚未演化為成熟的隸書，故筆勢仍保有小篆的弧筆。

（二）鉤筆

本文定義鉤筆為轉折後收筆，角度小於 90，末端向上挑起彎曲的筆畫，符合此條件則歸類為鉤筆，又依轉折方向分為右鉤筆、左鉤筆兩種，以下以表格表示：

表 6-2：鉤筆之字例一覽表

分類	字　　例	數目
右鉤筆	之、女、它、衣、妃、此、色、完、要、恙、展、鄉、盡、歇、數、歸	16
左鉤筆	手、分、半、甲、守、死、別、何、季、東、桼、尉、等、據、未	15

表格整理歸納右鉤筆有 16 例，左鉤筆有 15 例，數量差不多，但右鉤筆略多一些，可能與個人的書寫習慣有關，因為以右手書寫的人佔多數，行筆由左至右書寫，收筆則順勢向右，便形成右鉤筆。

（三）拉長筆畫

里耶秦簡文字拉長筆勢的方向，有向左、向右或往下延伸三類差異。依照延伸線條的不同，又可以分為曲筆、弧筆、直筆三種。猶有不只一筆拉長筆畫，而是兩筆畫以上的字例，以下以表格表示：

表 6-3：拉長筆畫之字例一覽表

分類	字　　例	數目
曲筆	已、丑、見、走、須	5
弧筆	之、凡、屯、夬、毛、石、戊、它、付、次、年、死、此、充、戍、邑、忍、如、守、印、沅、沈、廷、更、辰、李、邪、府、封、咎、所、往、武、急、苐、庭、時、鬼、都、從、部、第、尉、笥、惡、蒼、遣、德、歐、懭	50
直筆	斗、中、手、及、甲、令、承、故、耐、段、展、致、舒、郵、意、譊	16
兩筆畫	丙、后、而、佗、具、與、發、適	8

由本文第三章第三節的論述中觀察到里耶秦簡文字拉長筆畫的運用，多數在最後一筆，因為位於最邊緣地帶，留有足夠空間可以盡情揮灑，不必顧忌重疊到其他的筆畫，而隨性拉長了字體。

三、結　體

（一）簡　化

1. 簡省筆畫

簡省筆畫意謂較正體字缺少部分筆畫。依筆畫的多寡、形態不同，本文將所選字例分為三類，分別為省略筆畫、收縮筆畫、平直筆畫，以下以表格表示：

表 6-4：簡省筆畫之字例一覽表

分類	細　項	字　　例	數目
簡省筆畫	省略筆畫	至、死、即、邑、物、首、城、秏、婭、責、庸、須、報、畸、敬、詣、實、適、錦	19
	收縮筆畫	甲、吏、夷、單、書	5
	平直曲筆	告、作、辛、骨、朝、牒、等、誤、廢、襲	10

由歸納得知，簡省筆畫的類別，以省略筆畫佔最大比例，收縮筆畫佔最小的比例。可見省略筆畫為簡化筆畫普遍使用的方式。

2. 簡化形體

簡化形體意謂缺少某一偏旁或部件，本文依形體的變化，對照《說文》對文字的解說，而分為省略形體、濃縮形體二類，以下以表格表示：

表 6-5：簡化形體之字例一覽表

分類	細　項	字　　例	數目
簡化形體	省略形體	事、旁、從、無、發、貲、嗇、戰	8
	濃縮形體	年、戒、武、定、春、益、畜、毆、華、溫、零、與、銜、盡、歸	15

由歸納得知，省略形體的類別中，以省略聲符的部件佔最大比例，可見省略聲符的部件為形體簡化最普遍使用的方式。省略聲符的一例「旁」字經過分析判斷是訛變，則里耶秦簡並無省略聲符，又或許有字例，乃筆者疏漏未發現。

濃縮形體是象形部件濃縮為抽象符號，因為筆畫變動過大，表意的功能降低，容易造成理解時的困難，如「定」一例。且表中里耶秦簡字多將數筆連為一筆，已具草書之勢。

（二）變　異

里耶秦簡主要是方位、筆畫變異，較少形體的變異，故本節分為「方位調動」、「訛變」二類，「訛變」主要是筆畫線條的變異，以下以表格表示：

表 6-6：變異之字例一覽表

分 類	字 例	數目
方位調動	色、貞、智、貲、遝、獄、質、辤、避、臨	10
訛變	死、其、畀、卻、徑、旁、疵、發、稟、錢	10

里耶秦簡與睡虎地秦簡，除了「避」字一例外，其字例組合位置移動皆有共通性，說明時代接近，文字寫法也容易互相影響同化。

訛變的字例「旁」，不同部件相結合並增添筆畫，易與另一形體混淆。字例「卻」將對應的筆畫相交錯，有連筆的意味，何林儀云：「連接筆畫，是把本來應該分開的筆畫連接起來……如果文字筆畫的位置靠近，或有對應之處，就有可能連接為一筆。」〔註1〕里耶秦簡字的筆畫靠近且有相對應，但連接起來的筆畫，並未合為一筆，故非為連筆，而歸於「訛變」。

（三）繁 化

里耶秦簡的繁化大部分表現在增加筆畫，少部分在增加形體上，但所繁加的形體其表音或表義功能卻不明顯，故本文第四章第三節分為一、繁化筆畫，二、繁化形體，兩大類，以下以表格表示：

表 6-7：繁化之字例一覽表

分 類	字 例	數目
繁化筆畫	下、內、壬、它、巧、主、行、至、走、見、來、金、所、到、事、南、病、恙、陵、曼、副、惡、傳、賈、晳、義、監、練、繭	29
繁化形體	官、建	2

本節繁化形體僅 2 例，其他皆為繁化筆畫，其中又以增繁橫畫的 13 例佔多數，可見里耶秦簡的繁化，以繁化筆畫為主。

增繁橫畫大部分於豎畫上增繁更多橫筆，豎畫也必須跟著拉長，才能容納數量多的橫畫，但結果橫畫反而縮短，使字形呈現細長之形，如「主」、「金」、「南」、「義」四例。

合計字例，簡化 57 個、變異 20 個、繁化 31 個，可知里耶秦簡結體以簡化為主。

〔註1〕何琳儀：《戰國古文字字典》（北京：中華書局，1998 年），頁 242。

四、第五、六、八層文字比較

為釐清第五層年代問題，與各層文字特色，本文第五章第一節依《里耶秦簡（壹）》一書收錄簡牘，將第五、六、八層文字一同比較，並參照其他楚簡、秦簡牘文字。字例「中（2）」，後方刮弧內的數字表示字例有二個，數量以此類推。以下以表格表示：

表 6-8：里耶第五、六、八層與其他楚系、秦系簡文字比較之一覽表

比較種類	簡牘層位	字　例	各層字例數量	總數量
接近楚系文字	第五層	下、中、公、田、事、卒、彭、已、不、五、以、四、布、年、告	15	23
	第六層	凡、不	2	
	第八層	下、中（2）、得、它（2）	6	
接近秦系文字	第五層	斤、申、所、得、凡、不、五、它、如、律	10	71
	第六層	勿、卯、而、百、見、受、金、須、貲、已、不、五、以、四、它、布、未、如、年、告、律	21	
	第八層	下、中（2）、公（2）、斤、田、申、事、卒、所（2）、得、彭、丙、卯（2）、而、百、見（3）、受（2）、金、須、貲、凡、已（2）、不、以（2）、四、布、未、如、年、告、律	40	

由歸納得知，第五層簡接近楚文字的字例有 15 個，接近秦文字的字例有 10 個，楚字例數量略多，可判斷五層簡文字具有楚文字特點；第六、八層文字接近秦文字比楚文字的字例數量多，可知第六、八層文字具秦文字特點。

五、與其他秦文字比較

由第四章結體的簡化、變異、繁化分析，已知里耶秦簡與睡虎地秦簡文字演化相似度高，然猶存在少許差異。除秦簡之外，里耶與其他秦文字也可一同比較，故本節將表格區分秦簡與秦金文、陶文、刻石兩類。字例「中（2）」，後方刮弧內的數字表示字例有二個，數量以此類推，以下以表格表示：

表 6-9：里耶秦簡與其他秦文字形近字例一覽表

比　較	字　例	數目
同秦簡	山、下、水、犬、出、申（2）、用（2）、四（2）、去、以（2）、地、安（3）、作、男（2）、命（2）、其（2）、東、直（3）、宜、定（2）、南、盜、敢（3）、陽	38

同秦金文、陶文、刻石	水（2）、四（2）、去、以（2）、作、東、直（2）、南	12

由歸納得知，秦文字字形、筆畫變異甚多，為訛變嚴重的情形，如「敢」、「嗇」、「申」、「出」、「宜」等例即是。里耶秦簡與其他秦簡相類字例有 38 個，與秦金文、陶文、刻石相類字例只有 12 個，證明里耶秦簡與其他秦簡字形較相近，與其他非簡牘秦文字差異較大，也可知造成字形相似度高的情況，書寫於同樣簡牘材質上是其中原因之一。

綜上所述，可以發現：

（一）前人多認為里耶秦簡是送出流轉的正本文書，但從書寫狀態觀察，一支簡牘簽署有一至三個「某手」，經字形分析結果發現是由一位書手完成，代表此一簡牘並未送至各機關流轉，故本文認定里耶秦簡為副本而非正本。從同「某手」的字形風格分析、比較，發現抄寫副本的書手當為小書吏，且書吏不只一人，建立行政文書保存或流轉的新概念。因知簡牘為副本而保存於原單位未發送，故可節省許多時間、心力考察簡牘如何發出、送達於各機構，最後又流轉回原單位。

（二）本文將里耶秦簡的筆勢分為圓、方、弧、直筆四種，發現同存有小篆與隸書的筆勢，印證秦簡是處於字形演化的過渡階段。里耶秦簡為公文書，筆勢中的鉤筆與拉長筆畫特點，或許可用來分辨公文書與非公文書的書寫差異。

（三）結體分簡化、變異、繁化三種，是以里耶秦簡與歷時文字，如：甲骨文、金文、小篆，以及與異域的楚、晉、齊等一同作比較，可一窺漢字字形的演化過程，並了解異域文字的發展特色。

（四）里耶秦簡第五、六、八層與秦系、楚系文字比較，發現第五層文字具楚國文字特點，第六、八層文字具秦國文字特點，印證《里耶秦簡（壹）》一書言：「第五層出土的有楚國文字特點的竹簡上有『遷陵公』字樣，說明楚國晚期可能在此設有遷陵縣。」雖然「里耶秦簡」名為「秦簡」，但其中猶具有楚系特點的文字。對埋藏地層的簡牘時代判斷提供相當證據，則秦簡時代可追溯至戰國晚期，彰顯戰國楚文字的體系。

（五）里耶秦簡與簡牘及非簡牘材質的其他秦文字比較，發現秦文字書寫於同簡牘材質的字形較為相似，又一般是以毛筆書寫於簡牘上，反映使用的工具、載體對書寫字形的影響。所參考的秦文字包含較早的春秋時期，秦簡則是戰國以後的文字，拉長早晚的時代，增強字形的書寫差異，故可觀察到秦文字的演變軌跡。

由秦文字的篆、隸書體，凸顯秦始皇統一全國文字，實施「書同文」政策的價值，以及對後世漢字的影響。

第二節　未來展望

由於里耶秦簡的的字數繁多，礙於時間、學力有限，無法將每個字詳細分析，僅擇取筆跡清晰字說明，盡量減少模陵兩可的分類問題。部份字筆跡清晰，但筆畫過多或擠壓一起，如「為」、「虎」、「壽」等字，難以分割、截取筆畫說明，所以都暫略不論。一些課題尚待未來探討、改進，如下所列：

一、字形表的分項

附錄整理的字形表，無論簡牘的材質、形制，或文書的形式皆同入一表，不同的材質、形制、文書形式，彼此之間是否有筆勢、字形差異，也是值得探討的議題，未來期望里耶秦簡的字形表更臻完善。

二、擴及書法領域

里耶秦簡與其他秦簡的差別，在於木牘的正面、背面文字數量不算少，本文僅分析少數簡牘正面、背面的文字配置，然仍能擴及書法的領域，加入更多不同文書形式簡牘，分析字與字、行與行之間佈局，以及字的大與小、舒與密的書寫風格，則能使通篇章法討論全面而透徹。第三章筆勢猶能加入書法的專門用語，如捺畫，使筆畫的分析更深入，文字的書寫特點也更加彰顯。

三、秦簡的用字方法

本文以字形研究為主軸，對於用字研究則鮮少著墨，然礙於時間有限，僅能聚焦於一部分，若用字方面也納入研究範圍，則能使論述更為齊備。

四、材料的先後時序

結體的部分，文字材料雖依甲骨文、金文、小篆、戰國文字分類，然同為戰國文字也有時代先後的問題，若依照時序排列對字形演化有更精闢的解說，則能減少字例的重出現象，與辨別時的混淆。

五、引前人論說

字形所引前人說法，不少參考季旭昇先生的說法，因為《說文新證》一書說法較為全面，且筆者認為文意較白話易理解，但此書較晚出並非最早的說法，故多有疏漏之處而未察，是筆者力有未逮也，待往後修正達成。

六、筆勢比較

第三章僅羅列里耶秦簡的筆勢，另加入睡虎地秦簡、龍岡秦簡、天水放馬灘秦簡等其他秦簡，比較公文書與非公文書的異同，則能理出秦代公文書的書寫習慣，以及對秦以降政府機關文書的書寫脈絡。

由於目前僅出版《里耶秦簡（壹）》一冊，若續集相繼出版，則能補充更多的文字資料，與本文論述或有所出入，但非目前能力所及，待日後進一步考察。本文為筆者初學之作，必有許多疏漏不確之處，尚祈大雅方家海涵與斧正。

參考書目

一、古　籍（依作者年代遞增排序）

1. 漢・劉向：《百部叢書集成・別錄》（臺北：藝文印書館，1968 年）
2. 漢・許慎撰、清・段玉裁著：《說文解字注》（臺北：藝文印書館，1992 年）
3. 漢・班固撰、唐・顏師古注：《漢書・百官公卿表》第三冊（北京：中華書局，1962 年）
4. 南朝・顧野王撰、宋・孫強增訂：《大廣益會玉篇》（北京：中華書局，1985 年）
5. 唐・房玄齡等撰：《晉書》（北京：中華書局，1974 年）
6. 元・盛熙明：《四部叢刊續編・法書考》（上海：商務印書館，1934 年）
7. 清・阮元：《十三經注疏・毛詩正義》（上海：上海古籍出版社，1995 年）
8. 清・劉晚榮：《藏修堂叢書》（成都：巴蜀書社，2010 年）

二、專　書（依作者姓名筆畫遞增排序）

1. 于省吾：《甲骨文字釋林》（北京：中華書局，1979 年）
2. 大眾書局：《舊拓石門頌》（臺南：大眾書局，1984 年）
3. 中國文物研究所、湖北省文物考古研究所編：《龍岡秦簡》（北京：中華書局，2001 年）
4. 中國社會科學院考古研究所：《里耶古城・秦簡與秦文化研究：中國里耶古城・秦簡與秦文化國際學術研討會論文集》（北京：科學出版社，2009 年）
5. 王國維作，胡平生、馬月華校注：《簡牘檢署考校注》（上海：上海古籍出版社，2009 年）
6. 王國維講述、劉盼遂記：《觀堂授書記・說文練習筆記》（臺北：藝文印書館，

1975 年）
7. 王煥林：《里耶秦簡校詁》（北京：中國文聯出版社，2007 年）
8. 方勇：《秦簡牘文字編》（福州：福建人民出版社，2012 年）
9. 甘肅省文物考古研究所編：《天水放馬灘秦簡》（北京：中華書局，2009 年）
10. 朱歧祥：《甲骨學論叢》（臺北：學生書局，1992 年）
11. 朱漢民、陳松長主編：《嶽麓書院藏秦簡（壹）》（上海：上海辭書出版社，2010 年）
12. 《嶽麓書院藏秦簡（貳）》（上海：上海辭書出版社，2011 年）
13. 《嶽麓書院藏秦簡（叁）》（上海：上海辭書出版社，2013 年）
14. 李零：《簡帛古書與學術源流》（北京：生活．讀書．新知三聯書店，2004）
15. 李均明：《秦漢簡牘文書分類輯解》（北京：文物出版社，2009 年）
16. 李均明、劉軍：《簡牘文書學》（南寧：廣西教育出版社，1999 年）
17. 李孝定：《甲骨文字集釋．卷十一》（臺北：中央研究院歷史語言研究所，1991 年）
18. 李旼姈：《甲骨文例研究》（臺北：台灣古籍出版社，2002 年）。
19. 宋鎮豪、段志洪：《甲骨文獻集成》第十三冊（成都：四川大學出版社，2001 年）。
20. 何琳儀：《戰國文字通論（訂補）》（南京：江蘇教育出版社，2003 年）
21. 何琳儀：《戰國古文字字典》（北京：中華書局，1998 年）
22. 沈頌金：《二十世紀簡帛學研究》（北京：學苑出版社，2003 年）
23. 季旭昇：《說文新證》（福州：福建人民出版社，2010 年）
24. 林義光：《文源》（上海：中西書局，2012 年）
25. 林劍鳴：《簡牘概述》（西安：陕西人民出版社，1984 年）
26. 施謝捷：《吳越文字匯編》（南京：江蘇教育出版社，1998 年）
27. 高恒：《秦漢簡牘中法制文書輯考》（北京：社會科學文獻出版社，2008 年）
28. 高鴻縉：《中國字例》（臺北：三民書局，1976 年）
29. 袁仲一：《秦文字類編》（西安：陕西人民教育出版社，1993 年）
30. 袁仲一：《秦代陶文》（西安：三秦出版社，1987 年）
31. 徐中舒：《甲骨文字典》（成都：四川辭書出版社，1990 年）
32. 徐利明：《中國書法風格史》（鄭州：河南美術出版社，1997 年）
33. 徐同柏：《從古堂款識學》（臺北：藝文印書館，1965 年）
34. 馬叙倫：《說文解字六書疏證》（臺北：鼎文書局，1975 年）
35. 郝茂：《秦簡文字系統之研究》（烏魯木齊：新疆大學出版社，2001 年）
36. 孫鶴：《秦簡牘書研究》（北京：北京大學出版社，2009 年）
37. 孫詒讓：《古籀拾遺》（臺北：華文書局，1970 年）
38. 孫鋼：《齊文字編》（福州：福建人民出版社，2010 年）
39. 唐蘭：《古文字學導論》（山東：齊魯書社，1981 年）
40. 高鴻縉：《中國字例》（臺北：三民書局，1976 年）
41. 高鴻縉：《散盤集釋》（臺北：臺灣師範大學，1957 年）
42. 高田忠周：《古籀篇》（臺北：大通書局，1982 年）

43. 陳偉：《里耶秦簡牘校釋》（武漢：武漢大學出版社，2012 年）
44. 陳昭容：《秦系文字研究——從漢字史的角度考察》（臺北：中央研究院歷史語言研究所，2003 年）
45. 陳初生：《商周古文字學讀本》（北京：中華書局，1998 年）
46. 陳方既、雷志雄：《中國書法美學思想史》（鄭州：河南美術出版社，1994 年）
47. 國家文物局主編：《2002 中國重要考古發現》（北京：文物出版社，2003 年）
48. 商承祚：《說文中之古文考》（上海：古籍出版社，1983 年）
49. 商承祚：《甲骨文字研究》（北京：科學出版社，1982 年）
50. 康有為：《廣藝舟雙楫》（上海：上海古籍出版社，2002 年）
51. 郭沫若：《郭沫若全集．考古篇．第一卷》（北京：科學出版社，1982 年）
52. 郭晉銓：《沉鬱頓挫：臺靜農書藝境界》（臺北：秀威資訊科技股份有限公司，2012 年）
53. 張守中：《睡虎地秦簡文字編》（北京：文物出版社，1994 年）
54. 曾憲通：《長沙楚帛書文字編》（北京：中華書局，1993 年）
55. 湯志彪：《三晉文字編》（山西：三晉出版社，2013 年）
56. 湯餘惠：《戰國文字編》（福州：福建人民出版社，2001 年）
57. 湖南省文物考古研究所：《里耶秦簡（壹）》（北京：文物出版社，2012 年）
58. 湖南省文物考古研究所：《里耶發掘報告》（長沙：岳麓書社，2006 年）
59. 湖北省荊州市周梁玉橋遺址博物館：《關沮秦漢墓簡牘》（北京：中華書局，2001 年 8 月）
60. 《雲夢睡虎地秦墓》編寫組：《雲夢睡虎地秦墓》（北京：文物出版社，1981 年）
61. 黃文杰：《秦至漢初簡帛文字研究》（北京：商務印書館，2008 年）
62. 裘錫圭：《裘錫圭學術文集》（上海：復旦大學出版社，2012 年）
63. 裘錫圭著，許錟輝校訂：《文字學概要》（臺北：萬卷樓圖書有限公司，1995 年）
64. 裘錫圭：《語言學論叢》（北京：商務印書館，1980 年）
65. 葉玉森：《殷墟書契前編集釋》（臺北：藝文印書館，1975 年）
66. 睡虎地秦墓竹簡整理小組：《睡虎地秦墓竹簡》（北京：文物出版社，1978 年）
67. 趙學清：《戰國東方五國文字構形系統研究》（上海：上海教育出版社，2005 年）
68. 劉釗：《古文字構形學》（福州：福建人民出版社，2006 年）
69. 劉正成：《中國書法全集》（北京：榮寶齋出版社，1996 年）
70. 劉正成：《中國書法鑒賞大辭典》（北京：中國人民大學出版社，2006 年）
71. 劉信芳，梁柱：《雲夢龍岡秦簡》（北京：科學出版社，1997 年）
72. 蔣勳：《漢字書法之美：舞動行草》（臺北：遠流出版事業股份有限公司，2009 年 9 月）
73. 鄭有國：《簡牘學綜論》（上海：華東師範大學出版社，2008 年）
74. 駢宇騫：《簡帛文獻概述》（臺北：萬卷樓出版社，2005 年）
75. 戴家祥：《金文大字典》（上海：學林出版社，1999 年）
76. 叢文俊：《中國書法史》（南京：江蘇教育出版社，2002 年）
77. 羅振玉：《殷虛書契考釋三種》（北京：中華書局，2006 年）

78. 滕壬生：《楚系簡帛文字編》增訂版（武漢：湖北教育出版社，2008 年）

三、學位論文（依作者姓名筆畫遞增排序）

1. 王露：《龍岡秦簡字形研究》（吉首：吉首大學碩士論文，2011 年）
2. 方勇：《秦簡牘文字彙編》（吉林：吉林大學博士學位論文，2010 年）
3. 代寧：《睡虎地秦簡文字構形系統研究》（石家莊：河北師範大學碩士論文，2010 年）
4. 李晶：《睡虎地秦簡字體風格研究》（石家莊：河北師範大學碩士論文，2010 年）
5. 吳欣倫：《吳越徐舒銘文研究》（嘉義：國立中正大學中國文學系碩士論文，2011 年）
6. 吳振紅：《《嶽麓書院藏秦簡》（壹）書體研究》（長沙：湖南大學碩士論文，2011 年）
7. 林素清：《戰國文字研究》（臺北：國立臺灣大學中國文學系博士論文，1984 年）
8. 洪燕梅：《睡虎地秦簡文字研究》（臺北：國立政治大學中國文學系碩士論文，1993 年）
9. 姜玉梅：《秦簡文字形體研究》（南昌：南昌大學碩士論文，2008 年）
10. 徐筱婷：《秦系文字構形研究》（彰化：國立彰化師範大學國文學系碩士論文，2001 年）
11. 陳盈如：《齊系璽印文字研究》（嘉義：國立中正大學中國文學系碩士論文，2015 年）
12. 陳立：《戰國文字構形研究》（臺北：國立臺灣大學中國文學系博士論文，2003 年）
13. 陳振華：《嶽麓書院藏秦簡（壹）字形與書法研究》（吉首：吉首大學碩士論文，2012 年）
14. 張佩慧：《周家臺三〇號秦簡論考》（臺北：國立政治大學中國文學系碩士論文，2005 年）
15. 黃靜吟師：《秦簡隸變研究》（嘉義：國立中正大學中國文學文系碩士論文，1993 年）
16. 楊繼文：《周家臺秦簡文字字形研究》（重慶：西南大學碩士論文，2009 年）
17. 鄒幫平：《秦系正體文字發展性研究》（重慶：西南大學碩士論文，2012 年）
18. 劉珏：《嶽麓書院藏秦簡（壹）文字研究與文字編》（長沙：湖南大學碩士論文，2013 年）
19. 樓蘭：《睡虎地秦墓竹簡字形系統定量研究》（上海：華東師範大學碩士論文，2006 年）
20. 鄭禮勳：《楚帛書文字研究》（嘉義：國立中正大學中國文學系碩士論文，2007 年）
21. 謝明園：《基於里耶秦簡的秦代公文檔案制度研究》（濟南：山東大學碩士論文，2014 年）
22. 蕭欣浩：《戰國文字構形特徵研究》（廣州：嶺南大學哲學系博士論文，2013 年）

四、單篇論文（依作者姓名筆畫遞增排序）

1. 王宇楓、周景環：〈秦至漢初的簡帛文字與隸變〉，《群文天地》2011 年第 11 期，頁 210～212。
2. 王曉光：〈里耶秦牘書法藝術簡析〉，《青少年書法》2010 年第 1 期，頁 13～19。
3. 王彥輝：〈《里耶秦簡》（壹）所見秦代縣鄉機構設置問題蠡測〉，《古代文明》2012 年第 6 卷第 4 期，頁 46～57。
4. 四川省博物館、青川縣文物館：〈青川縣出土秦更修田律木牘——四川青川縣戰國墓發掘報告〉，《文物》1982 年第 1 期，頁 1～21。
5. 邢義田：〈湖南龍山里耶 J1（8）157 和 J1（9）1－12 號秦牘的文書構成、筆跡和原檔存放形式〉，《簡帛》第 1 輯（上海：上海古籍出版社，2006 年），頁 275～296。
6. 邢文：〈秦簡牘書法的筆法——秦簡牘書寫技術真實性復原〉，《簡帛》第 8 輯（上海：上海古籍出版社，2013 年），頁 439～450。
7. 吳榮政：〈里耶秦簡文書檔案初探〉，《湘潭大學學報（哲學社會科學版）》2013 年第 37 卷第 6 期，頁 141～146。
8. 林進忠：〈里耶秦簡「貲贖文書」的書手探析〉，《湖南大學學報（社會科學版）》2010 年第 4 期，頁 28～35。
9. 徐中舒：〈耒耜考〉，《徐中舒歷史論文選輯》上冊（北京：中華書局，1998 年），頁 72～127。
10. 袁庭棟：〈釋「㠯」並兼論古代的契刻記事〉，《甲骨文獻集成》第 13 冊（成都：四川大學出版社，2001 年），頁 429～433。
11. 馬怡：〈里耶秦簡選校〉，《中國社會科學院歷史研究所學刊》第 4 集（上海：商務印書館，2007 年），頁 133～186。
12. 高榮：〈秦代的公文紀錄〉，《魯東大學學報（哲學社會科學版）》2006 年第 23 卷第 3 期，頁 42～46。
13. 孫鶴：〈試論秦簡牘書與秦小篆的關係〉，《湖北大學學報（哲學社會科學版）》2004 年第 31 卷第 4 期，頁 412～425。
14. 孫鶴：〈里耶秦簡書法探微〉，《書法世界》2004 年第 8 期，頁 19～23。
15. 秦濤：〈秦律中的「官」釋義——兼論里耶秦簡「守」的問題〉，《西南政法大學學報》第 16 卷第 2 期，2014 年，頁 17～24。
16. 秦其文：〈里耶秦簡行政文書研究述評〉，《貴陽學院學報（社會科學版）》2014 年第 1 期，頁 109～112。
17. 秦其文、姚茂香：〈十一年來里耶秦簡行政文書研究述評〉，《昆明學院學報》2014 年第 1 期，頁 59～68。
18. 陳治國：〈從里耶秦簡看秦的公文制度〉，《中國歷史文物》2007 年第 1 期，頁 61～69。
19. 陳信良：〈秦漢墨跡文字演變的考察研究〉，《書畫藝術學刊》2012 年第 12 期，頁 205～278。
20. 陳重亨：〈秦印文字隸化現象析探及字形體勢的變異考察〉，《書畫藝術學刊》2007

年第 2 期，頁 299～325。

21. 張春龍：〈里耶一號井的封檢和束〉，《湖南考古輯刊》（長沙：嶽麓書社，2009 年）第 8 集，頁 65～70。
22. 郭沫若：〈古代文字之辯證的發展〉，《考古學報》1972 年第 1 期，頁 1～13。
23. 曾憲通：〈「作」字探源——兼談耒字的流變〉，《古文字研究》第 19 輯（北京：中華書局，1992 年），頁 408～421。
24. 曾憲通：〈包山卜筮簡考釋（七篇）〉，《第二屆國際中國文字學研討會論文集》（香港：中文大學，1993 年），頁 405～424。
25. 勞榦：〈古文字釋讀〉，《歷史語言研究所集刊》（臺北：中央研究院歷史語言研究所編輯出版，1991 年）第 40 本上冊，頁 37～51。
26. 湖南省文物考古研究所、湘西土家族苗族自治州文物處、龍山縣文物管理所：〈湖南龍山里耶戰國——秦代古城一號井發掘簡報〉，《文物》2003 年第 1 期，頁 4～35。
27. 黄文杰：〈睡虎地秦簡文字形體的特點〉，《中山大學學報（社會科學版）》1994 年第 2 期，頁 123～131。
28. 黄海烈：〈里耶秦簡與秦地方官署檔案管理〉，《黑龍江史志》2006 年第 1 期，頁 12～13。
29. 黄海烈：〈里耶秦簡與秦地方官制〉，《北方論叢》2005 年第 6 期，頁 6～10。
30. 裘錫圭：〈釋「勿」「發」〉，《裘錫圭學術文集》甲骨文卷（上海：復旦大學出版社，2012 年），頁 140～154。
31. 楊振紅、單印飛：〈里耶秦簡 J1（16）5、J1（16）6 的釋讀與文書的制作、傳遞〉，《浙江學刊》2014 年第 3 期，頁 16～24。
32. 楊振紅、單印飛：〈里耶秦簡縣「守」、「丞」、「守丞」同義說〉，《北方論叢》2004 年第 6 期，頁 11～14。
33. 董楚平：〈徐器湯鼎銘文考釋中的一些問題〉，《杭州大學學報》1987 年第 1 期，頁 123～124。
34. 鄒水傑：〈里耶簡牘所見秦代縣廷官吏設置〉，《咸陽師範學院學報》第 22 卷第 3 期，2007 年，頁 8～11。
35. 趙岩：〈秦令佐考〉，《魯東大學學報（哲學社會科學版）》第 31 卷第 1 期，2014 年，頁 66～70。
36. 樓蘭：〈睡虎地秦簡文字異構關係探析〉，《廣西社會科學》2008 年第 9 期，頁 158～160。
37. 樓蘭：〈睡虎地秦簡文字中的形體混同現象調查〉，《中國文字研究》2007 年第 2 期，頁 160～164。
38. 蕭欣浩：〈略論戰國文字類化構形特徵〉，《第十六屆中區文字學學術研討會論文集》（臺南：嘉南藥理大學，2014 年），頁 1～44。
39. 魏曉豔，鄭振鋒：〈睡虎地秦簡字體風格論析〉，《河北大學學報（哲學社會科學版）》第 34 卷第 4 期，2011 年，頁 105～110。

五、網路資源（依作者姓名及資料庫名稱筆畫遞增排序）

1. 支強：〈秦簡中所見的「別書」——讀里耶秦簡劄記〉（武漢大學簡帛網發文，2012 年 09 月 10 日）
   http://www.bsm.org.cn/show_article.php?id=1733
2. 臺灣博碩士論文知識加值系統網
   http://ndltd.ncl.edu.tw/cgi-bin/gs32/gsweb.cgi/ccd=52gr9W/search#result
3. 邢義田：〈「手、半」、「曰牾曰荊」與「遷陵公」〉（武漢大學簡帛網發文，2012 年 05 月 07 日）
   http://www.bsm.org.cn/show_article.php?id=1685
4. 李超：〈由里耶幾條秦簡看秦代的法律文書程式〉（武漢大學簡帛網發文，2008 年 11 月 29 日）
   http://www.bsm.org.cn/show_article.php?id=903
5. 呂靜：〈秦代行政文書管理形態之考察——以里耶秦牘性質的討論為中心〉（武漢大學簡帛網發文，2010 年 02 月 22 日）
   http://www.bsm.org.cn/show_article.php?id=1225
6. 徐暢：〈簡牘所見刑徒之行書工作——兼論里耶簡中的女行書人〉（武漢大學簡帛網發文，2010 年 12 月 10 日）
   http://www.bsm.org.cn/show_article.php?id=1346
7. 張樂：〈里耶簡牘「某手」考——從告地策入手考察〉（武漢大學簡帛網發文，2011 年 04 月 18 日）
   http://www.bsm.org.cn/show_article.php?id=1461
8. 陳偉：〈里耶秦簡中公文傳遞記錄的初步分析〉（武漢大學簡帛網發文，2008 年 05 月 20 日）
   http://www.bsm.org.cn/show_article.php?id=829
9. 陳偉：〈「丞相史如」與「丞矰」〉（武漢大學簡帛網發文，2013 年 09 月 07 日）
   http://www.bsm.org.cn/show_article.php?id=1889
10. 陳偉：〈「令史可」與「卒人可」〉（武漢大學簡帛網發文，2015 年 07 月 04 日）
    http://www.bsm.org.cn/show_article.php?id=2268
11. 陳劍：〈讀秦漢簡札記三篇〉（上海：復旦大學出土文獻學古文字研究中心，2011 年 6 月 4 日）。
    http://www.gwz.fudan.edu.cn/SrcShow.asp?Src_ID=1518
12. 復旦大學出土文獻與古文字研究中心
    http://www.gwz.fudan.edu.cn/list.asp?src_childid=22&src_Typeid=13
13. 單育辰：〈談談里耶秦公文書的流轉〉（武漢大學簡帛網發文，2012 年 05 月 25 日）
    http://www.bsm.org.cn/show_article.php?id=1703

附錄一　里耶秦簡字形表

凡　例

1. 字形表中的字形選錄自湖南省文物考古研究所編著《里耶秦簡（壹）》第 5、6、8 層出土的簡牘。
2. 字形排列先後按筆畫由少至多遞增方式排序，相同筆畫的字，則依漢・許慎撰、清・段玉裁著《說文解字注》（臺北：藝文印書館）一書收字順序編排，並附上頁碼。書中未收錄的字，則置於該筆畫字群之末。
3. 附字形表筆畫索引以利檢索。
4. 取字原則非全部收錄，只取字形不同且明確者，殘缺不完整，或形體漫漶不清之字則略而不錄。
5. 簡牘有分正反面者，則於簡號後加注「-」符號，以示為簡牘背文。
6. 每一字形下面標注的阿拉伯數字，第一個代表簡牘所在的層位，第二個代表簡牘編號。
7. 若遇同一支簡牘被分成三段者，則於簡號後面另加逗點與阿拉伯數字，表示之一、之二、之三，例如：8.100.1 表示乃第 8 層第 100 號簡的第 1 段。
8. 筆畫索引從一畫到二十四畫遞增方式排序，合文字則收錄於「其他」項下。

一畫	字例							頁碼
一	 6.1	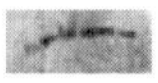 8.42						1
丨	 6.25 							20
乀	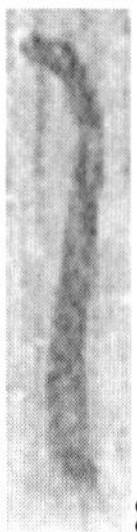 8.648							633

二畫	字例							頁碼
二	 5.13	6.1	 8.62-					1
八	 6.1	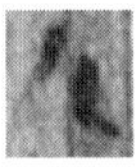 8.218	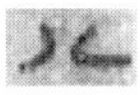 8.254	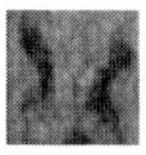 8.914				49
十	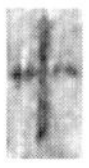 5.18	 6.1						89
又	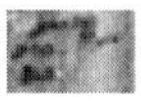 8.647							115
刀	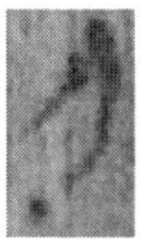 8.834							180
入	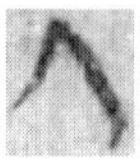 8.520	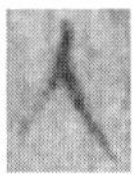 8.753-						226

人	6.14	8.8	8.48	8.427				369
七	6.1	8.28	8.210					745
九	5.22	5.23	6.1	8.39	8.164-	8.1774	8.2156	745
乙	6.21	8.66	8.409	8.688-				747
	8.60-	8.653	8.1425					
丁	6.10	8.66-	8.96	8.1539	8.2180			747
	8.164	8.768	8.1220					

三畫	字　例							頁碼
上	5.31	6.31	8.256					1
	8.154	8.434	8.625					
下	5.4	8.66-	8.127	8.178				2
三	5.22	6.1						9

士	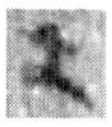 5.1	 5.4	 8.66-	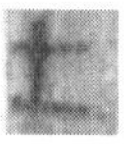 8.71				20
小	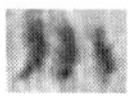 5.18	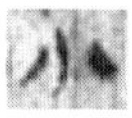 6.10	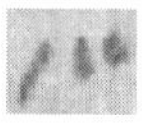 8.216					49
口	5.18	 8.92						54
干	 8.1764							87
丈	 8.135	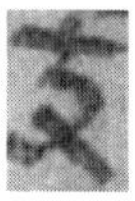 8.659	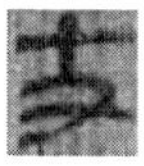 8.913	 8.1751				89
千	 6.1	 8.60	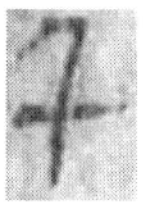 8.458	 8.552	 8.597			89
寸	 8.537	 8.550						122
工	 5.33	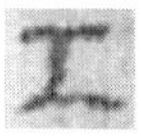 8.493						203
乃	 8.278	 8.2482						205
于	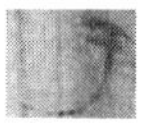 8.170	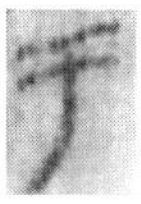 8.758						206
久	 8.594							239

<table>
<tr><td rowspan="3">之</td><td> 5.1</td><td> 8.2161</td><td></td><td></td><td></td><td></td><td></td><td rowspan="3">275</td></tr>
<tr><td> 8.60</td><td> 8.570</td><td> 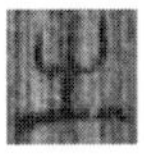8.775</td><td> 8.2088</td><td></td><td></td><td></td></tr>
<tr><td> 6.30</td><td> 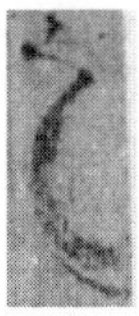8.678</td><td> 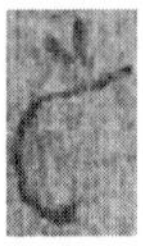8.172</td><td></td><td></td><td></td><td></td></tr>
<tr><td>夕</td><td> 8.145</td><td></td><td></td><td></td><td></td><td></td><td></td><td>318</td></tr>
<tr><td>尸</td><td> 8.793</td><td></td><td></td><td></td><td></td><td></td><td></td><td>403</td></tr>
<tr><td rowspan="2">山</td><td> 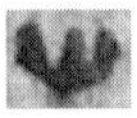8.92</td><td> 8.735</td><td></td><td></td><td></td><td></td><td></td><td rowspan="2">442</td></tr>
<tr><td> 8.215-</td><td> 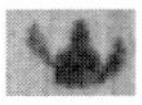8.753-</td><td> 8.769</td><td></td><td></td><td></td><td></td></tr>
<tr><td>大</td><td>5.18</td><td> 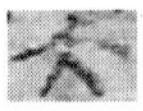8.461</td><td> 8.529-</td><td> 8.863</td><td> 8.920</td><td></td><td></td><td>496</td></tr>
<tr><td>卂</td><td> 8.231</td><td></td><td></td><td></td><td></td><td></td><td></td><td>588</td></tr>
<tr><td rowspan="2">女</td><td> 8.19</td><td> 8.920</td><td>8.2152</td><td></td><td></td><td></td><td></td><td rowspan="2">618</td></tr>
<tr><td> 8.707</td><td> 8.1070</td><td> 8.1140</td><td></td><td></td><td></td><td></td></tr>
<tr><td>也</td><td> 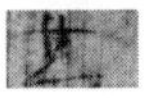8.687-</td><td></td><td></td><td></td><td></td><td></td><td></td><td>633</td></tr>
</table>

弋	 6.11	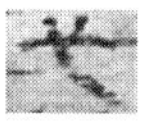 8.461						633
亡	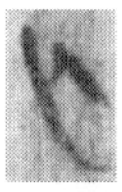 8.41	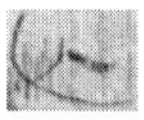 8.546	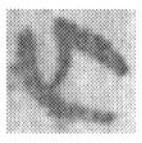 8.665	 8.705				640
弓	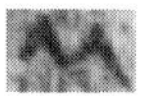 8.2186	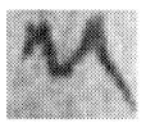 8.2200						645
凡	 5.18	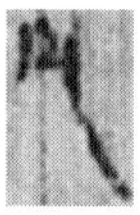 8.479	 8.1095	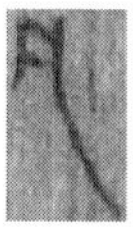 8.1221				688
	 6.1	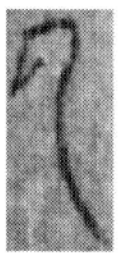 8.222	 8.752	 8.1575	 8.1740			
	 8.1554							
土	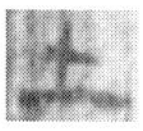	8.780						688
己	 5.22	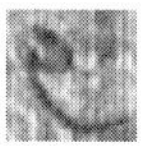 5.23	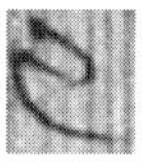 6.8	 8.27	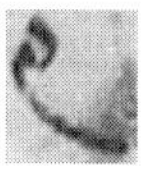 8.135-	 8.1433-		748
子	 5.1	 8.135	 8.405					749
	 8.63	 8.137	 8.711	 8.713				
巳	 8.66	 8.133	 8.138-					752

已	 8.39	 8.135	 8.197	 8.1314	 8.1349			
	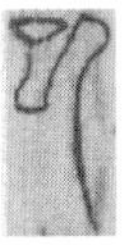 8.214	 8.282	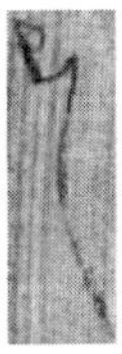 8.1511-					
	 8.492							
乞	 8.114							

四畫	字　例							頁碼
天	 8.1786							1
元	 5.1	 8.60-	 8.653					1
王	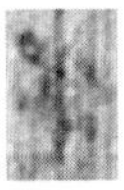 5.12	 8.461 						9
中	 5.4	 8.51	 8.86-	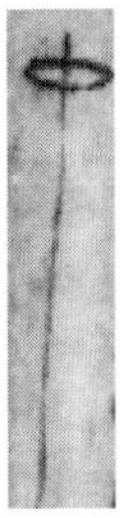 8.94	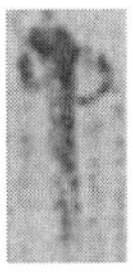 8.173-	 8.269	 8.718	20
屯	 8.81	 8.140	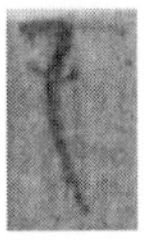 8.445					22

分	8.125	8.216	8.426	8.498				49
少	8.33	8.275						49
	8.58	8.63	8.75	8.1783	8.2086			
公	5.5	8.60	8.63	8.1430				50
牛	8.62	8.102	8.461					51
止	5.4	8.143	8.1416					68
乏	8.1222	8.1716						70
廿	6.1	8.39	8.779					89
卅	6.1	8.7	8.39	8.887	8.1814			90
父	8.26	8.850	8.2257					116
夬	8.144	8.1564						116

及	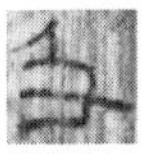 8.102	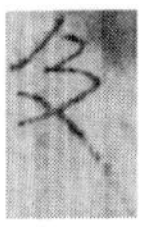 8.122	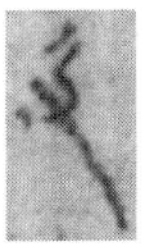 8.130	 8.584	 8.815			116
反	 8.478							117
支	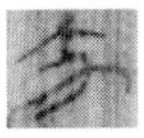 8.682							118
予	 6.7	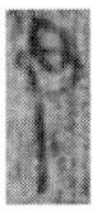 8.36	 8.583	 8.757	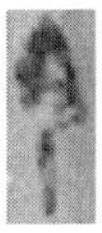 8.1554			161
巨	8.711-	 8.2035						203
曰	 8.140	 8.154						204
丹	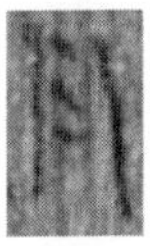 8.453	 8.1070						218
井	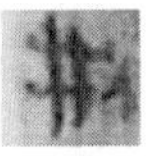 8.244							218
今	 8.141	 8.441	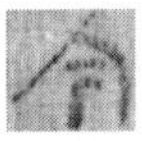 8.757	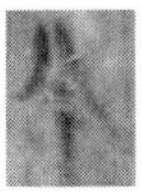 8.771				225
內	 8.64	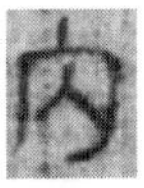 8.105	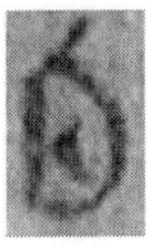 8.561	 8.633	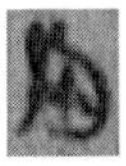 8.1783			226
木	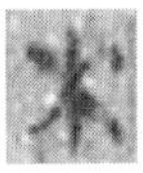 6.25	 8.455	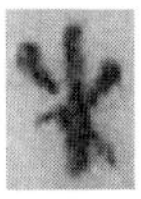 8.581	 8.837				241

因	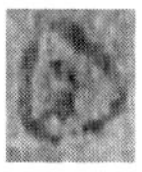 8.904	 8.1876						280
日	 8.62	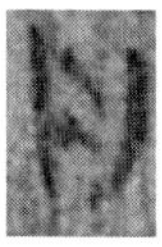 8.621	 8.656					305
	 5.1	 8.62	 8.197					
	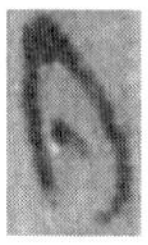 8.498	 8.654						
月	 5.1	 5.22						316
	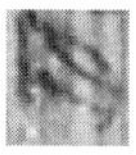 6.8	 8.27	 8.170					
	 8.1777							
冗	 8.63							343
什	 8.439							377
比	 8.1047							390
毛	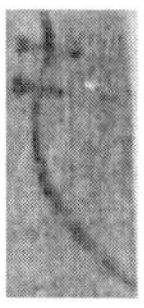 8.835	 8.1529						402

尺	 8.135	 8.455	 8.550					406
方	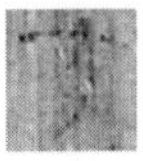 8.876							408
文	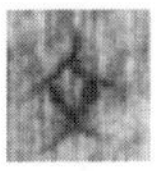 8.4	 8.44	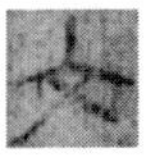 8.624					429
厄	 8.361	 8.1237						435
勿	 6.4	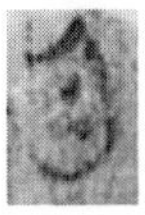 8.248						458
	 8.526	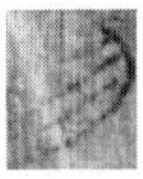 8.2027-						
犬	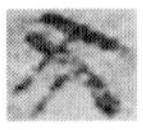 8.461	 8.950						477
火	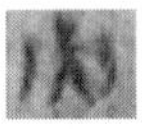 8.645							484
夫	 5.1	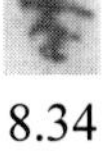 8.34	 8.1236					504
	 8.297	 8.568						
心	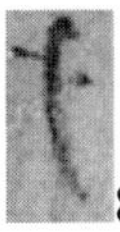 8.678-	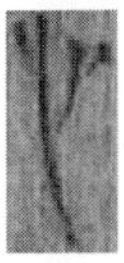 8.1221	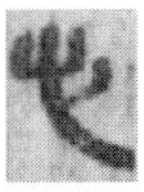 8.2088					506
水	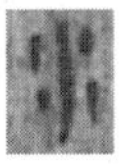 5.22	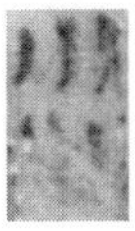 8.608	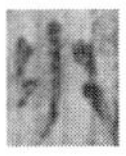 8.688-					521

云	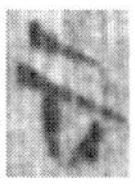 8.128	 8.754						580
不	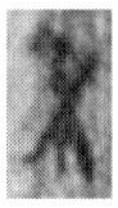 5.6	 6.10	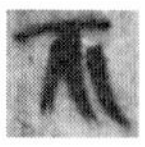 8.708-					590
	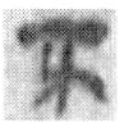 8.140	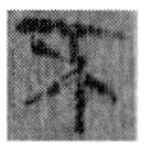 8.1236	 8.2273					
戸	 8.1	 8.65-	 8.237	 8.863				592
	 8.19							
	 8.1716							
手	 8.66	 8.76	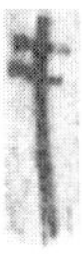 8.137-	 8.212				599
毋	 8.8	 8.64	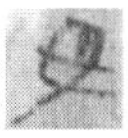 8.103	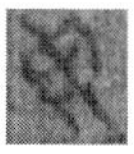 8.1033				632
戈	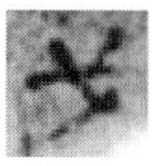 5.5-							634
瓦	 8.135							644
斤	 5.31	 8.218	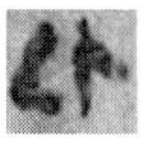 8.581	 8.882	 8.1433	 8.1433-		723
斗	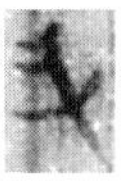 6.12	 8.28	 8.63	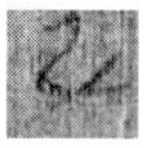 8.824	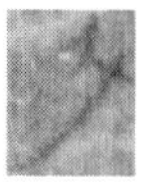 8.924			724

字								頁
升	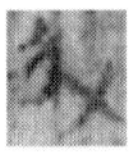 8.125	 8.172-	 8.217					726
五	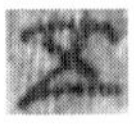 5.18	 6.1	 8.71	8.734-	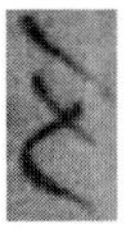 8.1332			745
	 6.12	 8.34						
六	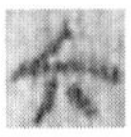 5.18	 8.60-	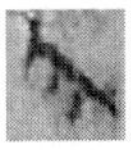 8.358					745
巴	 8.61	 8.207	 8.2316					748
丑	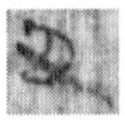 8.27	 8.44	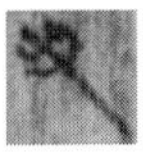 8.464	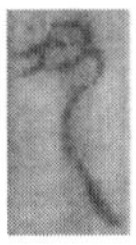 8.715-	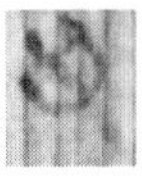 8.2023			751
午	 8.96	 8.137	 8.157	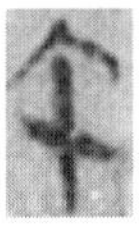 8.520				753
壬	 8.45							749
	 8.133	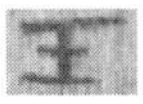 8.457	 8.2141					
	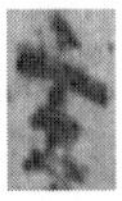 8.196							
 [illegible]	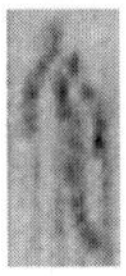 8.1225							

五畫	字例							頁碼
示	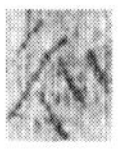 5.33							2
必	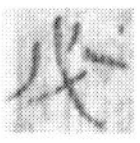 8.138							50
半	 6.1	 8.626	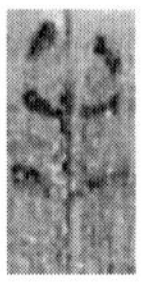 8.824					50
	 5.29	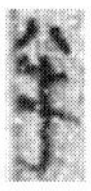 6.12	 8.135-	 8.275				
召	 8.4							57
右	 8.462							59
正	 8.157-	 8.214	 8.651	 8.668				70
句	 8.171							88
古	 6.10							89
冊	 6.1							90
史	 6.4	 8.105	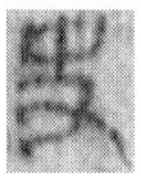 8.197	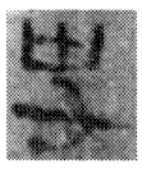 8.911	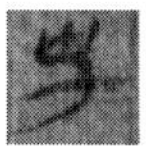 8.987			117

	8.138-							
占	8.550	8.1554						128
用	8.139-	8.288	8.2006					129
目	8.112	8.1998						131
肊	8.720							171
左	8.63	8.685						202
巧	8.1423							203
甘	8.1057	8.1443						204
可	6.39	8.269	8.310	8.2088				206
平	5.1	8.26	8.987	8.1030	8.1031			207
去	8.74	8.159	8.455	8.1094				215

主	8.140	8.266	8.297					216
	8.1607	8.1930						
	8.224	8.303						
	8.480							
矢	8.26	8.159						228
市	6.14	8.145	8.454					230
央	8.780	8.1259						230
末	8.355	8.1620						251
本	8.355							251
仗	8.801							266
札	8.999							268

出	 6.5	 8.211	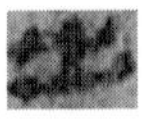 8.518	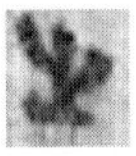 8.2246				275
	 8.500	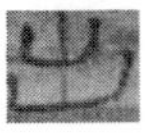 8.1201						
囚	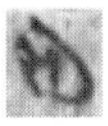 8.28	 8.141	 8.663					281
旦	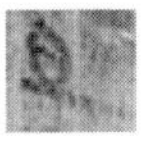 8.63-	 8.141-	 8.461					311
外	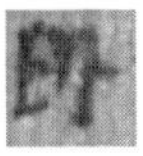 8.430	 8.769						318
夗	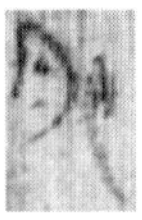 8.1619							318
禾	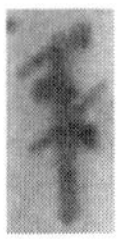 8.734-	 8.776	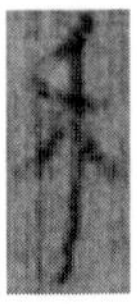 8.1245					323
宂	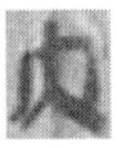 8.132							343
布	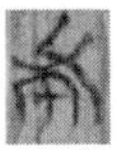 5.7	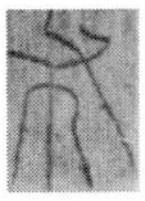 8.1776						365
	 6.18	 8.529						
	 8.64-	 8.155	 8.1313					

白	8.529	8.773						367
付	6.5	8.29	8.63	8.561				377
代	8.197							379
北	8.1517							390
司	6.9	8.9	8.44					434
后	8.200	8.2513						434
令	5.17	8.41	8.704	8.758				435
	8.63	8.140	8.67	8.211	8.1819			
石	6.12	8.27	8.63	8.218				453
冉	8.157-	8.534						458

犯	 8.1588							479
冬	 8.1022							576
失	 8.70	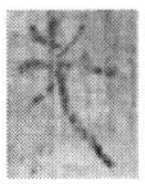 8.522	 8.785					610
母	 8.925							620
奴	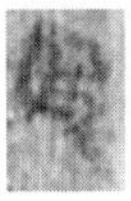 5.18	 8.404	 8.1287					622
弗	 8.204	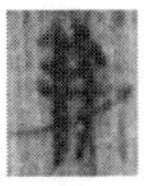 8.314	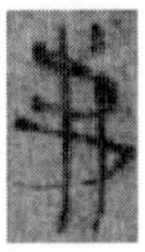 8.1365	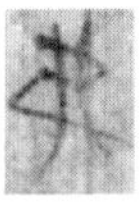 8.1570				633
氏	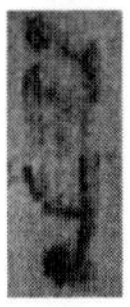 8.816	 8.1576	 8.2157					634
乍	 8.1586							640
匄	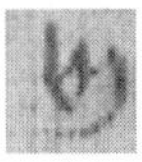 8.157	 8.157-						640
弘	 8.1554							647
穴	 8.666	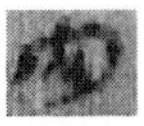 8.1089	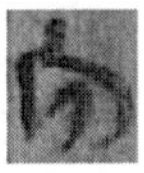 8.1275	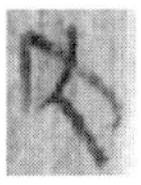 8.2106				684

它	 5.11	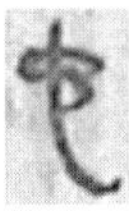 8.144	 8.1564	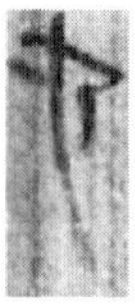 8.1901	 8.2551			684
	 8.122	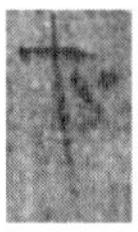 8.171	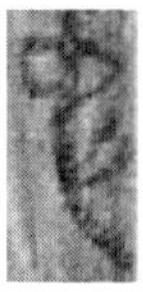 8.850					
田	 5.1	 8.16	 8.145	 8.595				701
功	 6.37							705
加	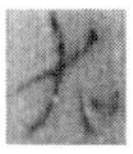 8.720-	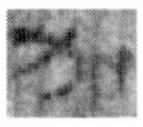 8.2026						707
且	8.140	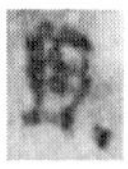 8.532	 8.771-					723
	 8.691	 8.2008	 8.2270					
四	 5.7	6.1	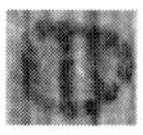 8.685					744
	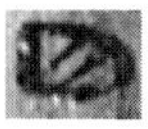 8.60	 8.534	 8.818					
丙	 6.8	 8.71-	 8.141	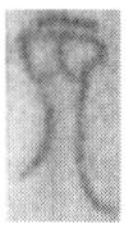 8.715-	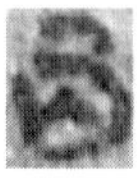 8.1590			747
甲	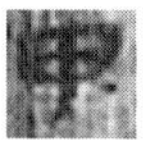 8.60	 8.133	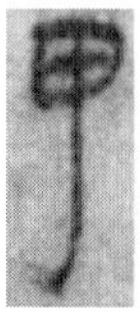 8.702	 8.1518	 8.1807			747

戊	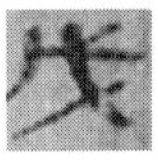 8.60	 8.135-	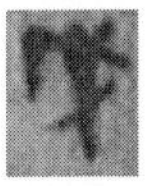 8.290	 8.558				748
卯	 6.4	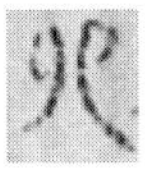 8.143	 8.665-					752
	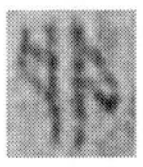 8.145	 8.755	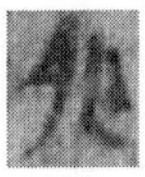 8.787					
申	 5.1	 8.141	 8.211	 8.1131	 8.1583			753
	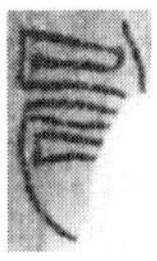 8.2100							
以	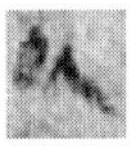 5.1	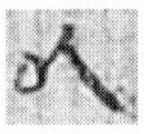 6.1-	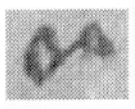 8.63	 8.883				753
	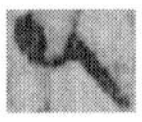 8.127	 8.133-						
	 5.9							
	 8.461							
未	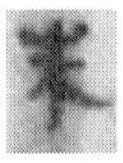 8.34	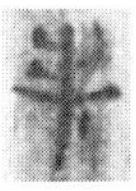 8.142-						753
	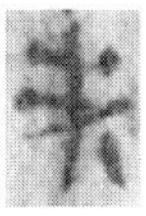 8.142	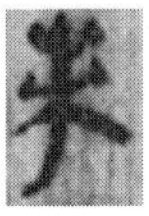 8.627	 8.1377					

六畫	字例							頁碼
吏	5.1	8.98	8.197	8.214	8.1423			1
	6.7	8.241						
艾	8.1620							32
牝	8.561							51
名	8.8	8.198						57
此	8.8	8.769	8.777	8.1558				69
	8.94	8.234	8.1347					
行	5.35	6.1-	8.555					78
	8.522-	8.523	8.759					
丞	5.1	8.668	8.1047					104
	8.66	8.896						

共	 8.1518							105
聿	 8.200-							118
臣	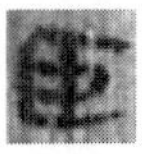 8.18	 8.78-	 8.217	 8.2017				119
收	 8.454							126
百	 6.1	 8.63	 8.989					138
自	 8.50	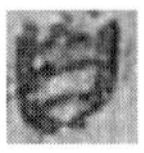 8.656	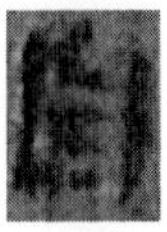 8.868	 8.1047				138
羽	 8.82	 8.142	 8.673					139
羊	 8.490							146
再	 8.472	 8.2088						160
死	 5.4-	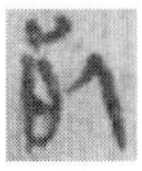 8.454						166
	 8.132	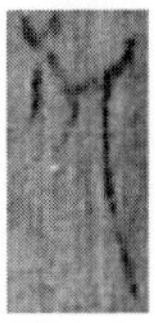 8.809	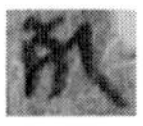 8.1139	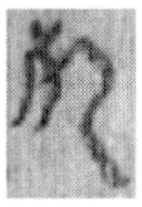 8.1490				

肉	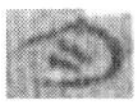 8.2524							169
肎	 8.1454							179
列	 8.70-							182
竹	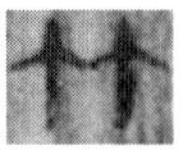 8.292							191
式	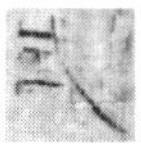 8.94	 8.235	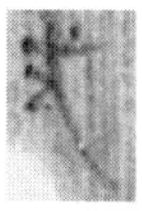 8.247					203
血	 8.1786							215
合	 8.1986							225
朱	 8.254	 8.1515-						251
休	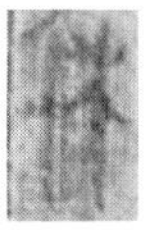 8.737	 8.1626	 8.2030					272
邛	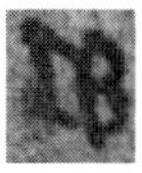 8.645-							298
多	 8.428	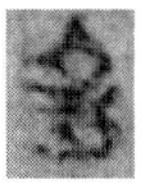 8.537						317
有	 5.19	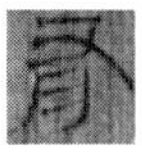 8.884						319

	 8.137	 8.1811						
	 8.1939							
年	 5.13	 8.27	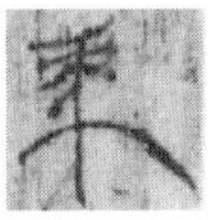 8.306	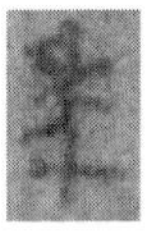 8.537	 8.708			329
	 8.39  	 8.109	 8.214	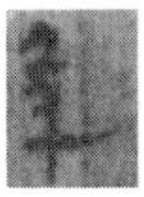 8.290				
米	 5.33							333
宅	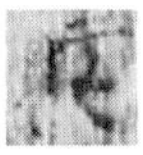 6.37							341
宇	 8.307							342
安	 8.26	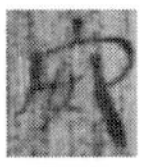 8.200-	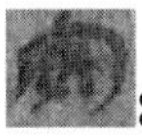 8.918	 8.1989				343

守	 5.17	 6.4	 8.96	 8.56	 8.58	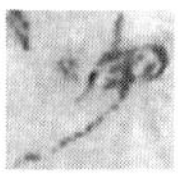 8.62	 8.772  8.772-	343
同	 8.60-	 8.761	 8.1971	 8.2137				357
伍	 8.23							377
任	 8.75							379
伏	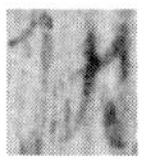 8.707							385
伐	 8.162	 8.269						385
并	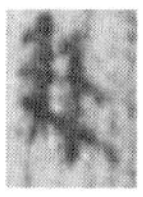 8.412	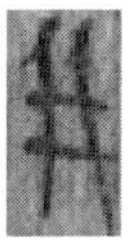 8.1221						390
衣	 6.7	 8.139-	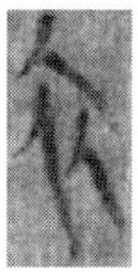 8.628					392
充	 8.242	 8.903	 8.1624					409
先	 8.298							411

次	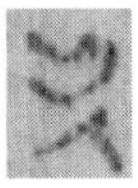 8.50	 8.1514	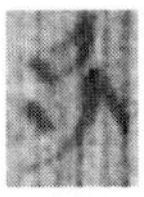 8.1517	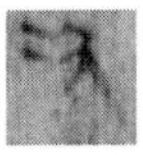 8.1766				418
印	 5.22	 8.453	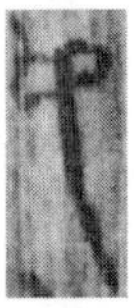 8.735-	 8.1886				436
	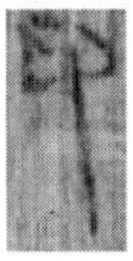 8.759	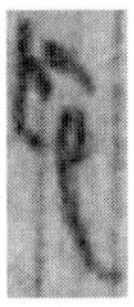 8.1225	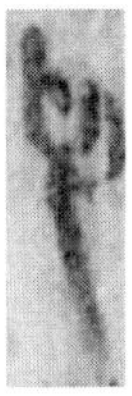 8.1525					
旬	 8.63	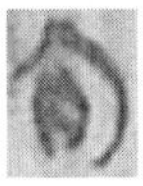 8.136	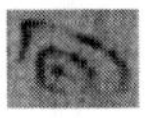 8.1275					438
而	5.6	 6.1	 8.132	 8.135				458
夸	 8.1004							497
夷	 8.144-	 8.160	 8.1057	 8.1250				498
亦	 8.67	 8.883						498
江	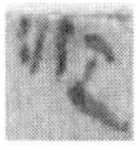 8.262	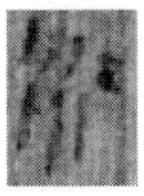 8.807						522
池	 8.454							558

州	 8.63	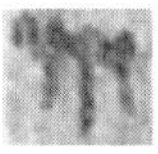 8.736	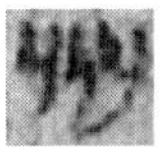 8.2137					575
冰	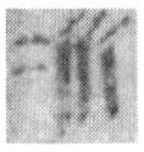 8.665-	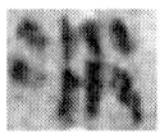 8.2137						576
至	 5.10	 8.197	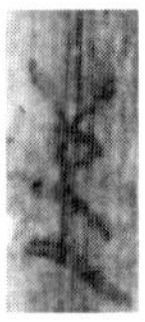 8.2124					590
西	8.1450							591
妃	 8.56	 8.762	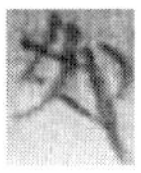 8.821	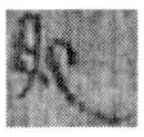 8.915				620
好	 8.355							624
如	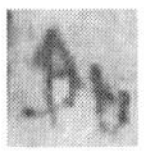 8.75	 8.137	 8.143-	 8.1243	 8.1532			626
奸	 8.1391							631
戎	 8.1551							636
戍	 8.140	 8.143	 8.761	 8.877	 8.2026			636
匠	 8.756							641

糸	 8.205							650
亘	 8.190							687
地	 8.412							688
在	 8.135	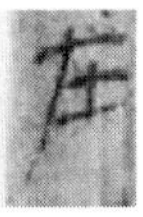 8.265	 8.558	 8.1510				693
成	 8.38	 8.192	 8.209	 8.2006				748
存	 8.135	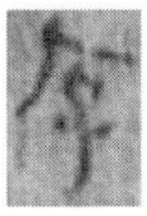 8.534						750
字	 6.1							750
未	 5.1	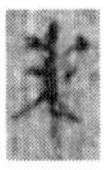 6.5 	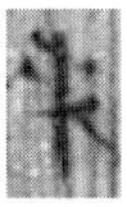 6.8	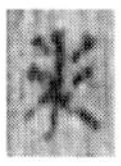 6.10	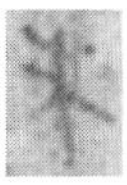 8.138-			753
亥	 5.22	 8.63	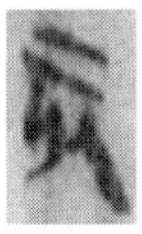 8.110					759
戌	 8.71	 8.133	 8.157-	 8.163	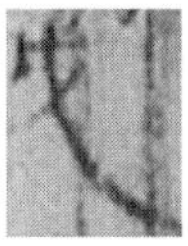 8.197	 8.781		759

[illegible]	 8.713-							
夋	 8.171-							
吊	 8.639							
犴	 8.565	 8.763	 8.765	 8.890				
[illegible]	 8.1562							
件	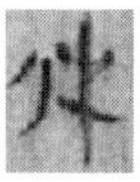 8.529-							

七畫	字 例							頁碼
壯	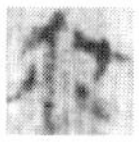 8.1878							20
芋	 8.395	 8.1664						25
芒	 8.659	 8.837						39
折	 8.1028							45

牡	8.2491							51
牢	8.270	8.1179						52
	8.728-	8.738-	8.893	8.2101				
告	5.9	6.4	8.66	8.657				54
吾	8.144-	8.1742	8.1980					57
君	8.178	8.1198						57
各	8.236	8.439	8.883	8.1798				61
走	8.100.1	8.197-	8.220					64
	8.133-	8.373	8.756	8.1266				
步	8.2161							69
廷	8.1	8.952	8.1106					78

	 8.17	 8.284	 8.1072	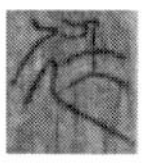 8.1776				
足	 8.90	 8.137	 8.526-	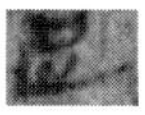 8.745-				81
言	 5.1	 6.28	 8.1952					90
	 8.63	 8.656						
	8.62	 8.141	 8.701	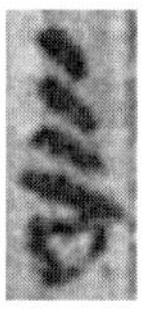 8.767				
兵	 8.63-							105
戒	 8.532							105
役	 8.1099							121
更	 6.10	 8.771-	 8.1564	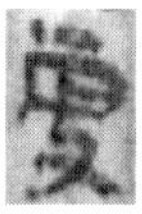 8.2161				125
	 8.522	 8.2418						

	 8.1236							
攻	 8.2133							126
別	 8.41	 8.197-	 8.198	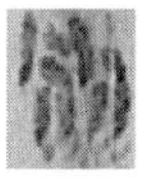 8.657	 8.1047			166
肖	 8.1966							172
初	 8.142-	 8.648						180
利	 8.90	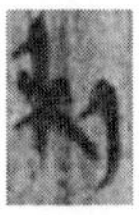 8.327	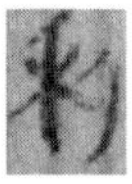 8.527-					180
角	 8.162	 8.414						186
巫	 8.34	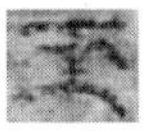 8.461	 8.793	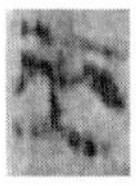 8.2336				203
即	 8.63	 8.758	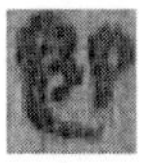 8.918	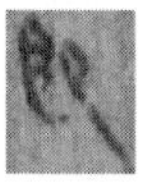 8.1071	 8.1131-	 8.2031		219
矣	 8.594							230
良	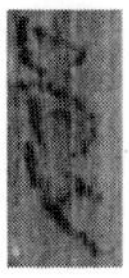 8.1123	 8.1515-	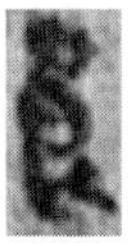 8.1547					232

坆	 5.4-							241
李	 8.206-	 8.835						242
材	 8.2435							254
朿	 8.1242	 8.1556	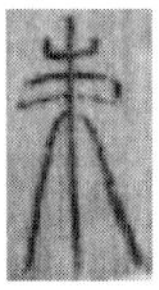 8.1842					278
貝	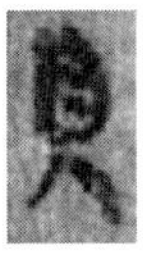 8.767-							281
邦	 8.461	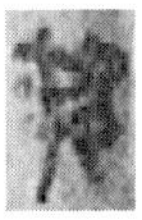 8.657	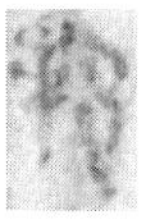 8.674	 8.773				285
邑	 8.657-	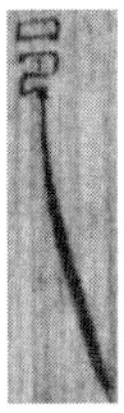 8.753 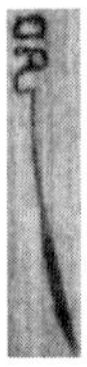 	 8.882					285

邪	 8.647	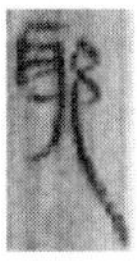 8.2129						300
甬	 8.982	 8.2161						320
私	 8.550	 8.877	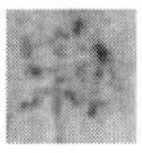 8.1430					324
完	 8.291	 8.1363						343
呂	 8.2349							346
佗	 8.201-	  8.1435	 8.2319					375
何	 8.43	 8.310	 8.674	 8.780				375
作	 8.145	 8.162	 8.454					378
	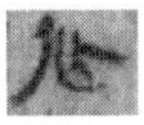 8.355	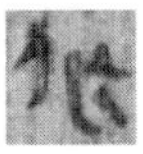 8.787	 8.815	 8.1385				
佁	 8.520	 8.1291						383

字								頁
身	 8.1786							392
孝	 8.918							402
求	 8.135	 8.167	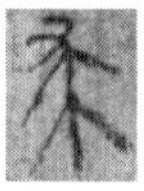 8.296	 8.454	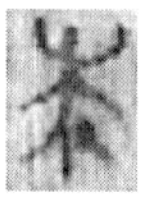 8.1440			402
禿	 8.140							411
見	 6.28	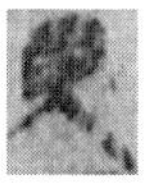 8.518	 8.1236	 8.1593	 8.2279			412
	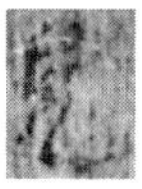 8.653	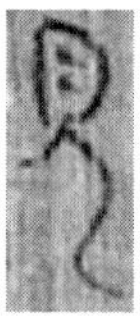 8.1067	 8.1137					
色	 8.155	 8.158	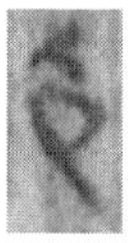 8.534	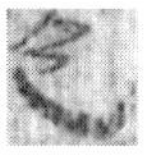 8.2294				436
	 8.550 							
犯	 8.75							459

豕	8.4	8.2491						459
灼	8.1221							488
赤	8.18	8.537	8.1363					496
吳	8.566	8.894	8.1380					498
志	8.42	8.94	8.518					506
快	8.155	8.158-	8.2101					507
忌	8.149							515
忍	8.63-	8.396	8.1732					519
沅	6.4	8.1618						525
	8.186	8.695	8.855	8.1722				

沂	8.882	8.1433-						543
決	5.1	8.1832						560
沈	8.886	8.1043	8.1214	8.1554-				563
汲	8.1290							569
冶	8.1243	8.1772						576
門	8.66	8.649	8.756					593
扶	8.201							602
把	8.219							603
投	8.1517							607
系	8.1485							648

均	 8.197	 8.757						689
坐	 8.144	 8.198	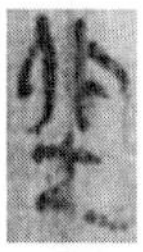 8.523	 8.867				693
里	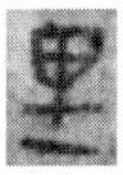 8.8	 8.63	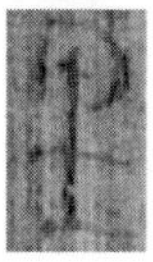 8.807					701
助	8.1416							705
男	 8.19	 8.209	 8.406	 8.713	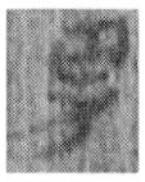 8.1254	 8.2185		705
車	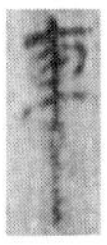 8.215-	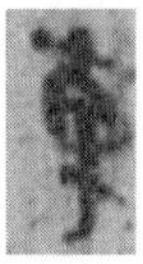 8.548	 8.562					727
阮	 8.145	 8.510						742
辛	 8.7	 8.164						748
	 8.44	 8.110	 8.329					
辰	 8.135	 8.140	 8.558					752

西	8.164	8.767	8.1565	8.2328				754
	5.34	8.1480						
[illegible]	8.1575							
忑	5.5							
呆	8.752							
[illegible]	5.10							
[illegible]	8.361							
刹	8.1435							
吉	8.710							
佐	8.63	8.164-						
	8.163	8.270	8.497					

	 8.463	 8.839						
	 8.492							
㞷	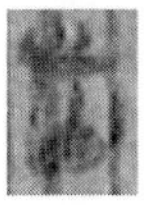 8.1027							

八畫	字例							頁碼
芹	 8.1664							24
尚	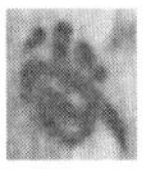 8.136	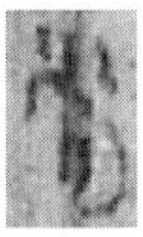 8.193-						49
物	 6.36	 8.103	 8.2088					53
和	 8.61	 8.1221						57
命	 8.461	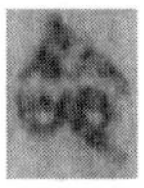 8.537	 8.1235					57
周	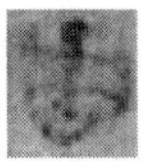 8.537	 8.1516	 8.2153	 8.2247				59

近	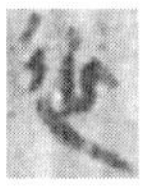 8.193						74
往	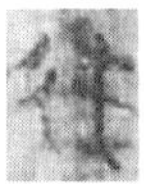 8.167	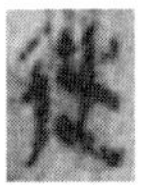 8.528	 8.758	 8.1131			76
彼	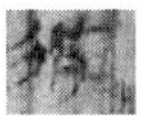 8.647-	 8.1518					76
延	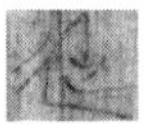 8.687						78
妾	 8.69-	 8.126	 8.142	 8.610	 8.2171		103
具	 5.10	 6.25	 8.94	 8.1440	 8.2008		105
忠	 8.40	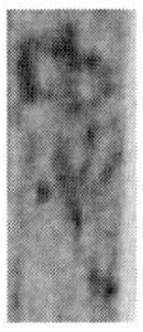 8.980					107
事	 5.5-	 8.163	 8.157	 8.770	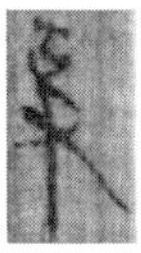 8.970		117
	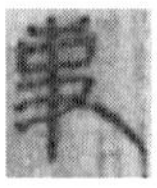 8.42	 8.122	 8.137	 8.659			
取	 8.145	 8.827					117

	 8.167	 8.837	 8.1221					
牧	 8.490							127
者	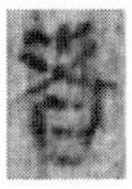 8.8	 8.55						138
	 8.36	 8.518						
	 8.124	 8.603						
於	 8.2448							158
放	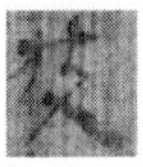 8.768							162
受	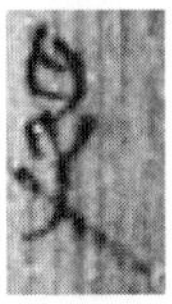 6.8	 8.242	 8.1078	 8.2117 				162
	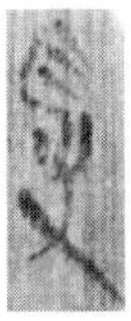 8.53	 8.63	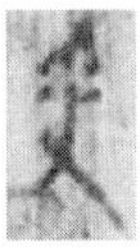 8.142	 8.893	 8.665	 8.886	 8.1034	
刻	 8.657-	 8.688-	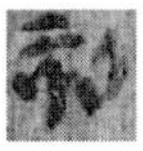 8.1235					181
	 8.62-	 8.154-						

券	 8.63	 8.405	 8.2334					184
	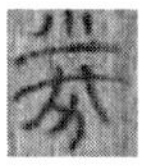 8.1242	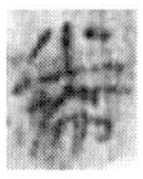 8.433	 8.1554					
制	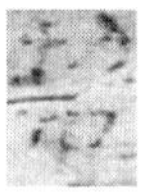 8.461	 8.528	 8.1648					184
其	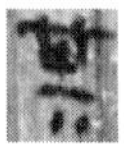 6.4	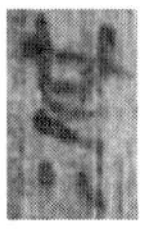 8.1252	 8.1550-					201
	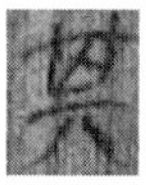 8.884							
典	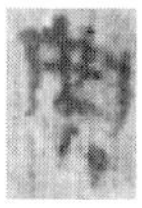 8.157	 8.550	 8.1800					202
畀	 8.313	 8.1008						202
奇	 8.209-							206
虎	 8.168-	 8.170						212
青	 8.145	 8.1070						218

舍	 8.87-	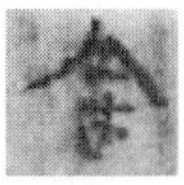 8.160	 8.565	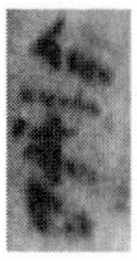 8.2145				225
京	 8.238	 8.2195						231
享	 8.1907							231
來	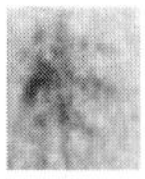 5.1	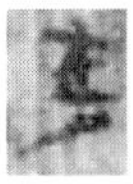 8.60-	 8.63-	 8.307	 8.1377	 8.2354		233
	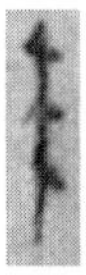 8.135-	 8.141-						
麦	 5.5							235
柏	 8.598							250
枚	 6.32	 8.124	 8.1996					251
果	 8.2520							251
枝	 8.113	 8.455	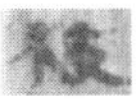 8.455					251
杼	 6.25							265

采	 8.454							270
析	 8.1221							271
林	 8.145							273
東	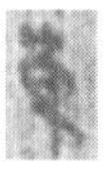 5.22	 8.161	 8.1741					273
固	 5.1	 8.209						281
邸	 8.904							286
邯	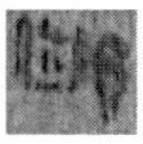 8.894							292
昭	 8.174							306
昌	 5.5-	 8.62	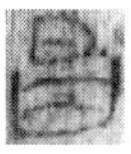 8.1437					309
夜	 8.145	 8.1523						318
秏	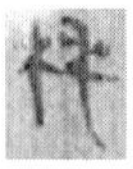 8.183	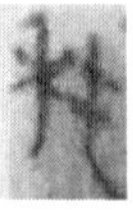 8.771	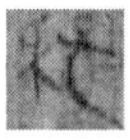 8.1033					326
枲	 8.913	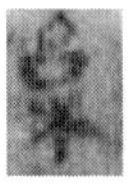 8.1784						339

宣	8.170							341
定	8.55	8.66	8.109	8.704	8.1769			342
宜	8.142	8.1286	8.2246					344
宛	8.261							344
宕	8.429	8.657-						345
宗	8.871							345
空	8.9	8.63	8.695					348
	8.44	8.1176	8.1974	8.2294				
兩	8.96	8.254	8.518	8.889				358
帚	8.798							364
侍	8143							377

便	8.141							379
俗	8.355							380
使	8.36	8.197	8.220					380
咎	8.918	8.1437-						386
表	8.2147							393
卒	8.78	8.1262						401
	8.201-	8.397	8.627					
居	8.135	8.197	8.1034					403
服	8.894	8.1040	8.2186					408
欣	8.71	8.157-	8.158-	8.178				415
府	5.23	8.60	8.62	8.67	8.569			447

長	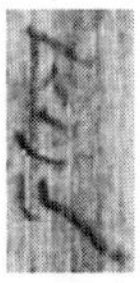 8.23	 8.193	 8.534	 8.537	 8.550	 8.1299		457
豚	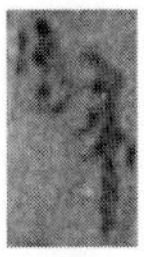 8.561							461
昜	 8.1514							463
狗	 8.247							477
免	 8.656	 8.777	 8.896	 8.2006				477
狀	 8.63-	 8.654-	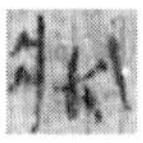 8.1440	 8.1564				479
狐	 6.4	 8.334	 8.406					482
幸	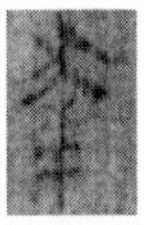 8.624	 8.678	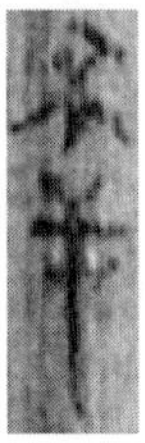 8.1443	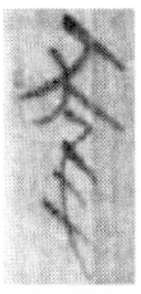 8.1570	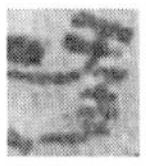 8.2088			499
並	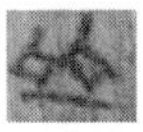 8.1070							505
河	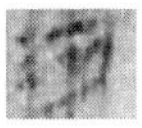 8.2061							521
沮	 8.140							525

治	 8.141	 8.265	 8.406	 8.757				545
泥	 8.882							548
沼	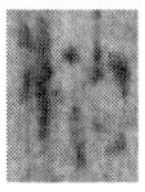 8.538							558
雨	 5.1	 8.50	 8.669	 8.1786				577
非	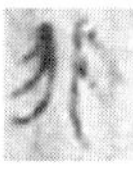 8.100.1	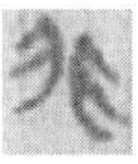 8.190	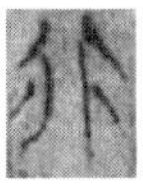 8.539					588
到	 8.41	 8.137	 8.753	 8.1465				591
	 8.141							
抱	 8.219							606
承	 8.137-	 8.703						606
拓	 8.143							611
拔	 8.209	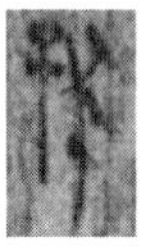 8.219	 8.406	 8.918	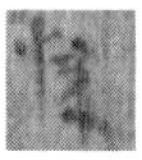 8.985	 8.1138		611

拙	 8.172							613
妻	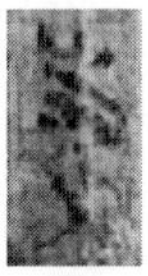 8.237	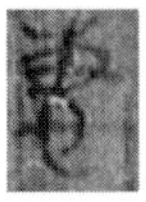 8.466						620
姊	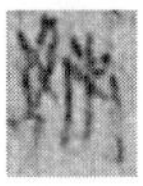 8.145							621
始	 8.766							623
委	 8.142							625
或	 8.133	 8.141	 8.1045					637
武	 8.164	 8.206	 8.666-					638
	 8.752	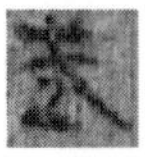 8.1089	 8.1990					
直	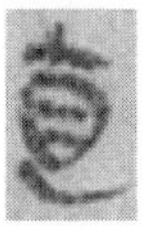 8.63	 8.70	 8.269					640
甾	 8.1107							643

弩	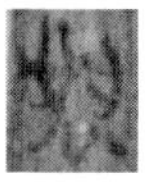 8.982	 8.1235	 8.2200					647
	 8.151							
	 8.529	 8.529-						
弦	 8.93	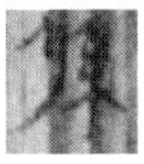 8.294	 8.458					648
劾	 8.137-	 8.433	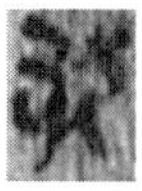 8.651	 8.754	 8.1107			707
金	 6.29	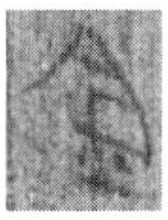 8.171-	 8.304	 8.454	 8.1183	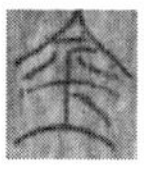 8.1776		709
所	 5.19	 8.454	 8.1450	 8.2039				724
	 8.78	 8.136	 8.615	 8.1564	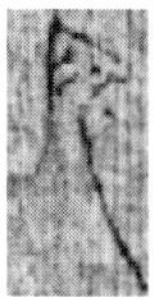 8.2192			
	 8.741-	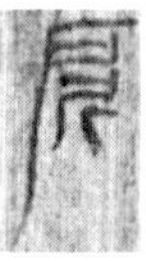 8.1433						
	 8.492							

官	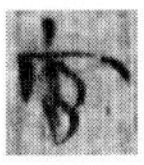 8.16	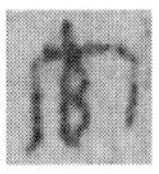 8.50	 8.63					737
	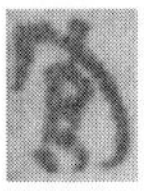 8.213							
阿	 8.310							738
陁	 8.2188							740
庚	 5.1	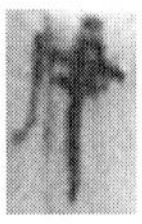 8.110	 8.197	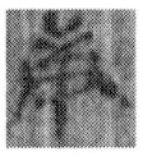 8.768	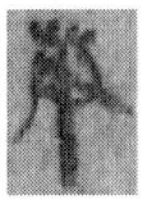 8.1267	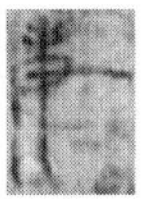 8.2188		748
	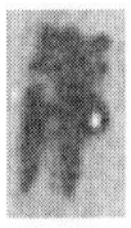 8.140	 8.163	 8.211	 8.2103				
	 8.1442							
季	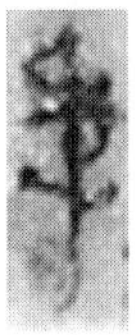 8.100.3	 8.272	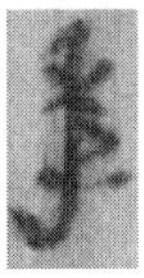 8.659	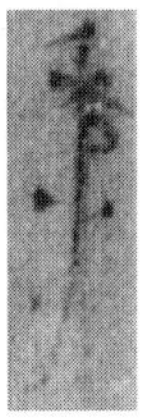 8.678-	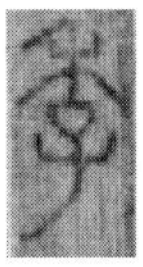 8.1694			750
孟	 8.1864							750
臾	 8.1138							754

朐	8.703							
妶	8.682							
抹	8.2297							
抶	8.2145							
臤	5.5							
玝	8.461							
臭	8.327							

九畫	字　　例							頁碼
帝	8.461							2
祠	8.1091							5
皇	8.406	8.461						9
苦	8.1796							27

苐	 8.776	 8.1514						27
苗	 8.1546							40
苛	 8.310							40
苑	 8.877							41
若	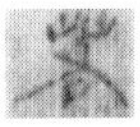 8.1442	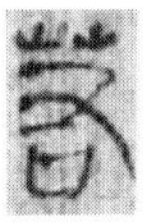 8.1550						44
春	 8.59	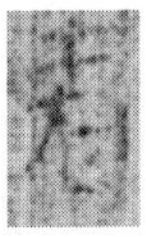 8.284	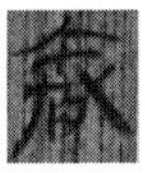 8.805					48
	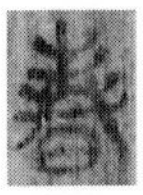 8.1147	 8.1725						
牴	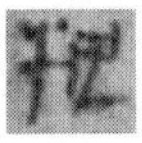 8.197							53
哀	 8.2125							61
是	 8.25	 8.45	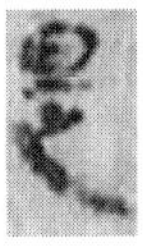 8.152	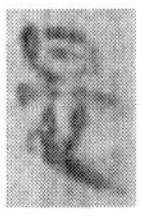 8.217	 8.561	 8.1794	 8.2011	70

	 8.675							
後	 8.120	 8.164	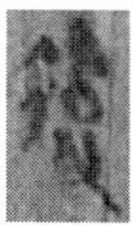 8.838	 8.2049-				77
律	 5.17	 8.131	 8.143-	 8.669	 8.803			78
	 8.63	 8.135	 8.508					
品	 8.1923							85
扁	 8.262	 8.1081	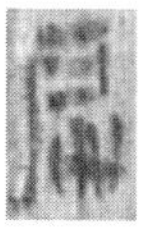 8.1576					86
信	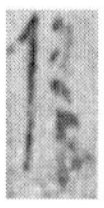 8.197	 8.677						93
計	 8.2	 8.63	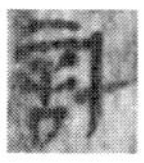 8.656	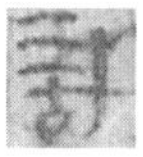 8.665	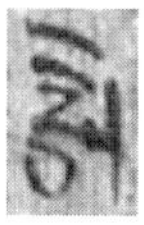 8.1565	 8.1845		94
要	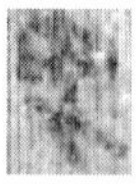 8.1943	 8.2160						106
革	 8.2101							108
為	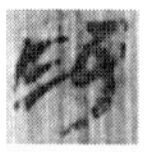 5.10	 8.13	 8.157	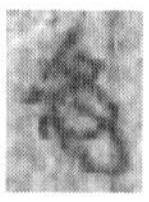 8.235	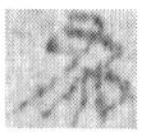 8.757			114

	 8.251	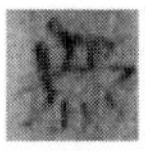 8.620	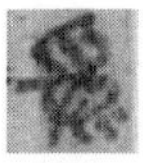 8.659	 8.1047	 8.1222			
度	 8.463	 8.734-	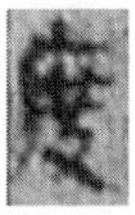 8.1510					117
卑	 8.145							117
段	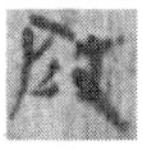 8.454	 8.785						121
叚	 8.135	 8.1231						121
	 8.539	 8.759						
敄	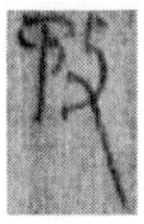 8.1435							123
故	 8.136	 8.140	 8.859	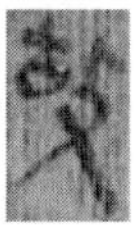 8.1243	 8.2001			124
貞	 8.490							128
相	 8.25	 8.121	 8.577					134

省	 8.145							137
盾	 8.1600							137
皆	 8.13	 8.110						138
美	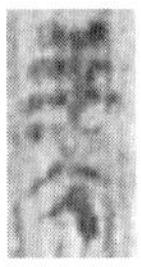 8.313	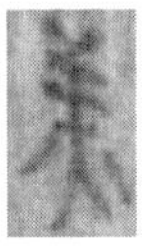 8.771						148
兹	 8.29	 8.236	 8.351					161
爰	 8.207	 8.753	 8.918	 8.2127				162
胄	 8.458							173
胡	 8.439	 8.1554						175
胥	 8.60	 8.140	 8.665					177
削	 8.70-	 8.1913						180

前	 5.11	 8.197	 8.558	 8.759	 8.985	 8.1186		180
甚	 8.508	 8.2000						204
亶	 8.663	 8.2101						207
食	 8.50	 8.672						220
	 8.1222	 8.1886						
亭	 8.38 	 8.60	 8.665					230
韋	 8.522-							237
柀	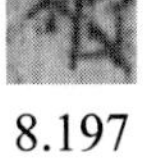 8.197	 8.2399						244
枸	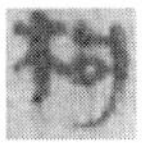 8.455	 8.855						247

柳	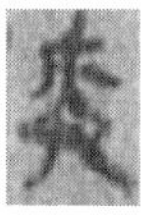 8.430							247
枳	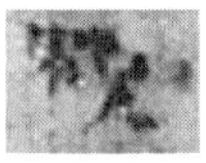 8.197-	 8.855	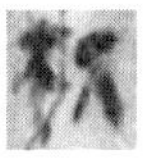 8.1588	 8.2254				248
枯	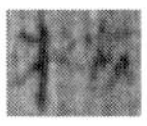 8.466							254
柱	 8.780							256
柯	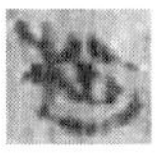 8.478							266
柧	 8.478							271
楪	 8.145							272
南	 8.376	 8.974						276
	 8.661	 8.772	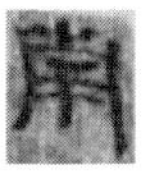 8.1182	 8.2178				
負	 8.63	 8.1143	 8.2101					283
郁	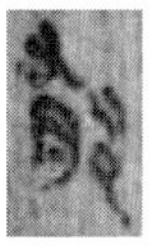 8.1277							288

郅	 8.1277							293
昧	 8.1668							305
韭	 8.1664							340
室	 8.104	 8.445	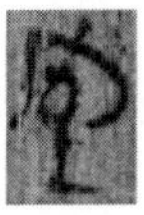 8.1385					341
客	 6.6	 8.461						344
穿	 8.1937							348
冠	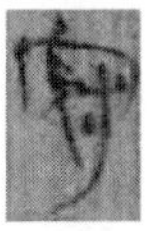 8.1363							356
重	 8.1015	 8.2155	 8.2461					392
屋	 8.876							404
俞	 8.1040							407

面	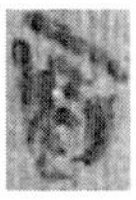 8.894	 8.1284	 8.1570					427
首	 8.197	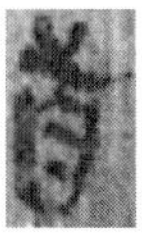 8.629	 8.1675					427
	 8.404	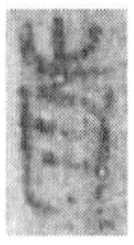 8.434	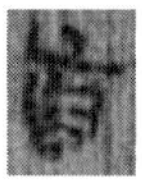 8.1796					
卻	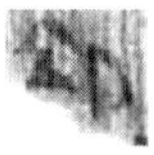 6.11	 8.135	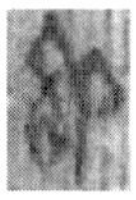 8.785	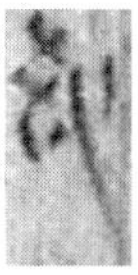 8.843	 8.867			435
庠	 8.661	 8.1308						447
耐	 8.144	 8.756	 8.805	 8.1734				458
兔	 8.660							477
狡	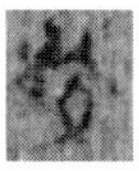 8.984							478
奏	 8.251	 8.433	 8.758					502
思	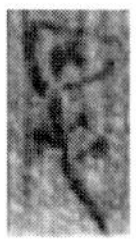 8.1444							506

恬	 8.58	 8.2170						508
急	 8.90	 8.182	 8.616	 8.753-	 8.756	 8.2227-		512
怠	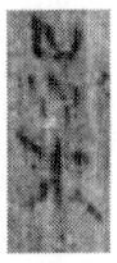 8.354							514
衍	 8.159-	 8.1450						551
洞	 5.35	 8.12	 8.556	 8.695-	 8.947			554
	 8.29	 8.78						
津	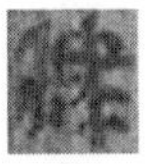 8.651							560
指	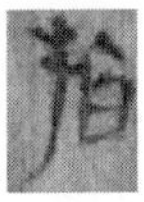 8.1221							599
拾	 8.999							611
挌	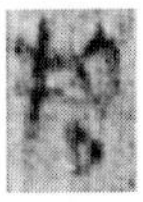 8.2442							616
姣	 8.682							624

姽	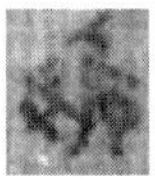 8.2098							625
娃	 8.145	 8.1434						629
姘	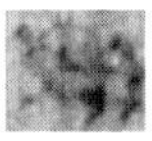 8.2150							631
約	 8.136	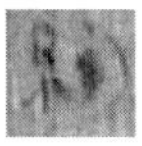 8.1008	 8.2037					653
紅	 8.621							657
黽	 8.1470							682
亟	 8.41	 8.137	 8.673	 8.1523	 8.2473			687
恆	 8.62	 8.175-	 8.1073	 8.1592				687
封	 8.78	 8.133	 8.651	 8.1558				694
城	 5.17	 8.871	 8.2257					695
界	 5.6	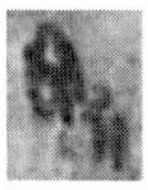 8.228	 8.649	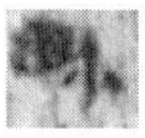 8.2436				703

勇	8.1764							707
軍	5.4	8.1270						734
癸	5.1	8.133-	8.962	8.1170				749
徉	8.314							
俉	8.140-							
耶	8.100.3							
勈	8.756							
图	8.607							
建	8.200-							
	8.562	8.1933						

狥	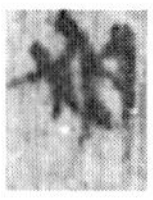 8.1656							
[illegible]	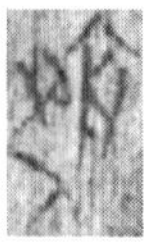 8.1643							
庛	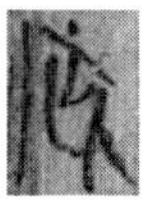 8.1177							
齿	8.860							
寅	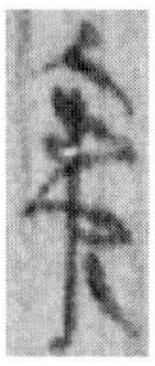 8.753-							
囷	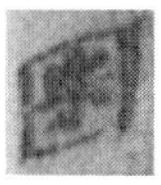 8.658							
故	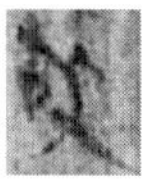 8.631							
㲋	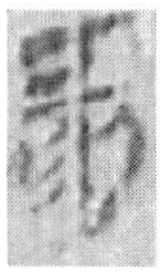 8.490							
觔	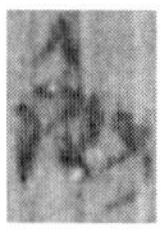 8.462							
寃	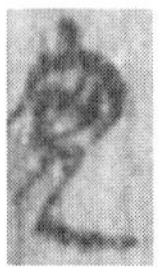 8.458	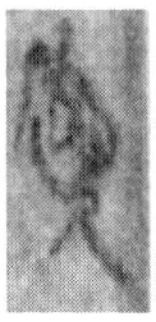 8.760						

胸	8.63-	8.373	8.445	8.675-	8.988	8.1732		
肢	8.570							

十畫	字　　例							頁碼
旁	8.158-	8.174	8.262	8.1298				2
荅	8.63							23
茝	8.2101							25
荊	8.135							37
芻	8.780	8.2015						44
草	8.1057							47
問	8.62	8.2088						57
	8.63	8.1958						

唐	 8.92	 8.140	 8.886	 8.936				59
起	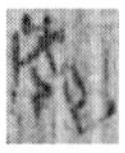 8.248	 8.373	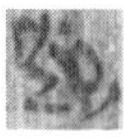 8.648					65
徒	 6.7	 8.9	 8.142	 8.628	 8.664	 8.1299		71
	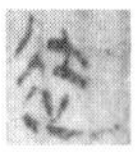 8.285	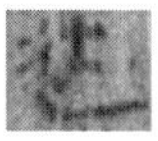 8.481	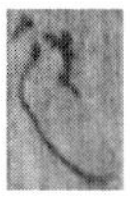 8.1082					
逆	 8.737-							72
追	 8.75	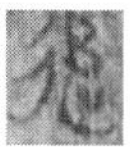 8.759	 8.1001	 8.1123				74
	 8.656							
徑	 8.56	 8.426	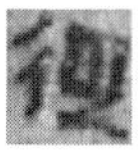 8.474	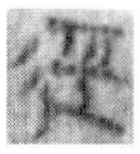 8.1239				76
訊	 6.14	 8.141	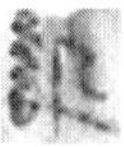 8.2064					92
	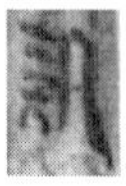 8.294	 8.918	 8.1298					
	 8.246							

俱	 8.898							105
書	 8.122	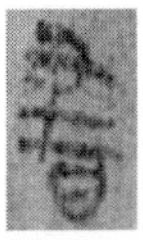 8.661						118
	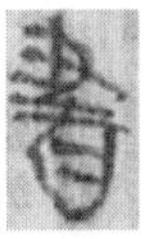 8.141	 8.508	 8.1734	 8.2284				
窅	 8.925	 8.2101	 8.2270					132
眚	 8.145							135
殊	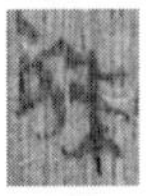 8.1028							163
骨	 8.100.1	 8.780	 8.1146					166
釗	 8.1435							183
迺	 8.140	 8.2161						205
益	 6.7	 8.151	 8.1499	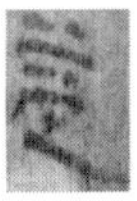 8.1692				214

盈	 8.1565							214
飤	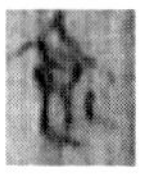 8.1042							222
倉	 5.1	 8.144	 8.190	 8.516	 8.688	 8.968	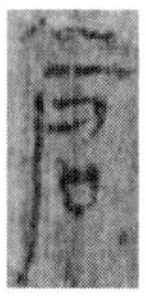 8.1012	226
缺	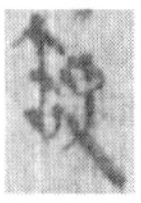 8.157	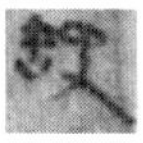 8.1118	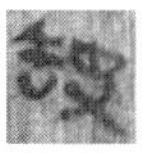 8.1137					228
高	 8.341	 8.1079	 8.1222	 8.2006				230
致	 8.155	 8.884	 8.1564					235
乘	 8.175	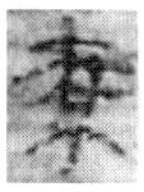 8.461						240
桂	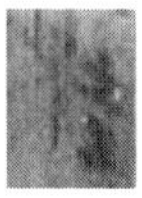 8.1221							242
格	 8.455							254
桓	 8.10							260

案	 8.155	 8.648	 8.1052					263
校	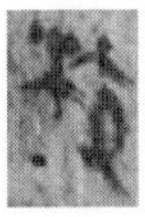 8.64	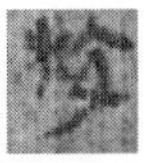 8.164	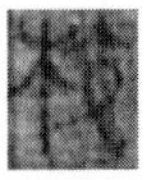 8.472	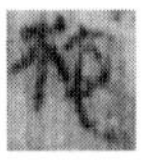 8.1997	 8.2334			270
	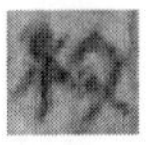 8.537							
桑	 8.140							275
員	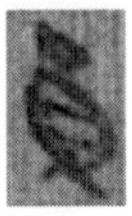 8.1136	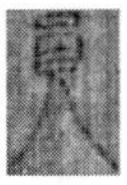 8.2027-						281
圂	 8.78	 8.145-	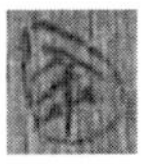 8.904					281
貣	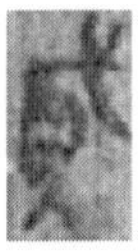 8.761	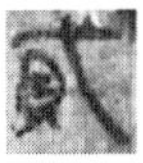 8.1505						283
郡	 8.215-	 8.461	 8.469	 8.997				285
郤	 8.157-							291
時	 8.24	 8.520	 8.768	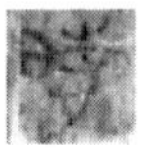 8.2411				305
朔	 8.66	 8.141	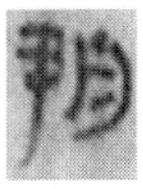 8.110	 8.71				316

粟	 8.454							320
秋	 8.200							325
秩	 8.2106							328
租	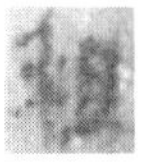 8.488	 8.1180						329
秦	 8.63-	 8.67	 8.461					330
兼	 8.63							332
氣	 8.140	 8.157-	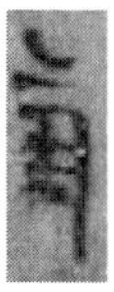 8.1363	 8.1559-				336
家	 8.656	 8.1730						341
容	 8.547	 8.1958	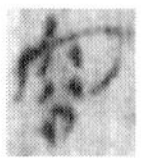 8.2152					343
宵	 8.100.1							344

害	 5.19	 8.209						345
宮	 8.461							346
⿱穴氏	 8.407							348
病	 8.72-	 8.143	 8.1363	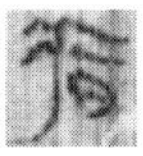 8.1956				351
	 8.630	 8.1221						
疾	 8.1786							351
冣	 8.627	 8.815	 8.1221					356
帶	 8.1281	 8.1677						361
帬	 8.158							361
席	 8.145	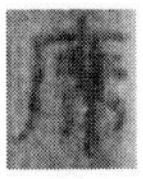 8.913	 8.1346					364
俱	 8.1751	 8.1974	 8.2093					376

倚	 8.1872							376
真	 8.190	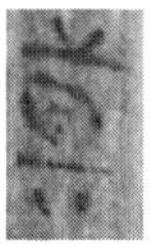 8.208	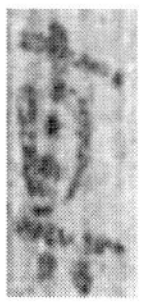 8.648					388
袍	 8.439							395
祛	 8.677							396
袁	 8.668-							398
衷	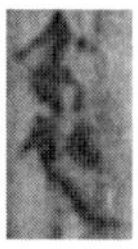 8.228							399
耆	 8.1531							402
衰	 8.135							403
展	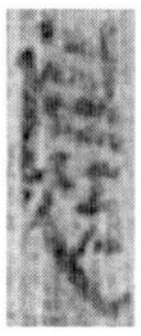 8.869	 8.1563	 8.1564	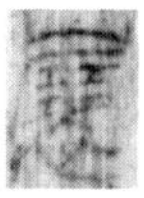 8.2037				404
般	 8.405	 8.679	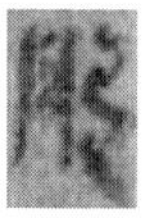 8.923	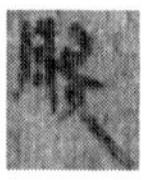 8.1211				408

庫	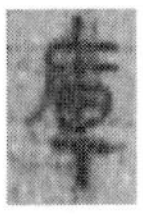 8.173	 8.1586						408
欶	 8.533	 8.1584						417
鬼	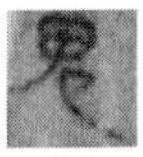 8.683	 8.805						439
庭	 5.34	 6.2	 8.12	 8.188	 8.947			448
	 8.1594							
馬	 8.135	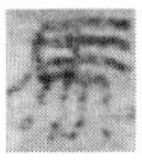 8.461 	 8.1455					465
臭	 8.1363							480
狼	 8.135 	 8.2129						482
能	 8.232	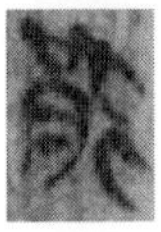 8.630	 8.656					484

臯	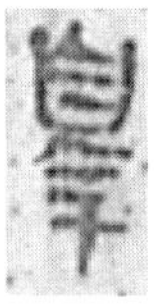 8.144	 8.2030						502
棐	 8.43							503
竘	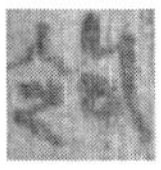 8.1256							505
息	 8.290							506
悍	 8.78							514
恙	 8.823	 8.2088						517
恐	 6.28							519
涓	 8.141	 8.682						551
浮	 8.550							554
渠	 8.128	 8.1123						559

泰	 6.12	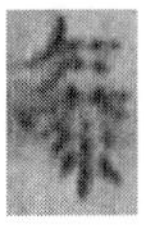 8.197	 8.520	 8.672	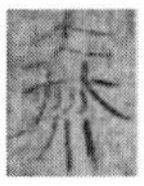 8.772	 8.1438-		570
原	 8.92							575
扇	 8.1386							592
挾	 8.1721							603
捕	 8.142	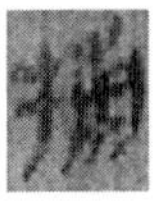 8.652	 8.673	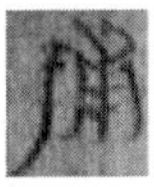 8.1008	 8.1377	 8.2467		615
捐	 8.2385							616
娙	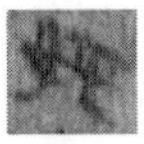 8.781	 8.1328	 8.2246					624
婓	 8.1328							628
孫	 8.534	 8.2101						648
級	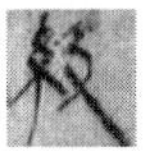 8.702-	 8.868						653

素	 8.4							669
畝	 8.455	 8.1519-						702
畜	 8.137	 8.209	 8.1087					704
留	 8.236	 8.657	 8.669					704
𡉚	 8.1284							706
除	 6.5	 8.145	 8.157	 8.210	 8.2014	 8.2106		743
酒	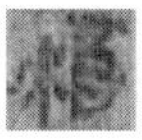 8.907	 8.1221						754
逌	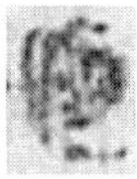 8.149							
鼻	6.1-							
盅	 8.1583	 8.1839						
栮	8.1562							

訢	8.2488							
前	8.1913							
香	8.1481-							
[illegible]	8.1275							
帮	8.1041							
釓	8.1018							
部	8.1317							
𢍰	8.537							
[illegible]	8.78-							
郣	8.761							
唐	8.713-							

臭	8.707							
[illegible]	8.623							
釵	8.566							
劵	8.532							
桉	8.412	8.1564						
晇	8.1327							
喠	8.1380							
肼	8.1243							

十一畫	字　例							頁碼
莊	8.236	8.461						22
	8.1612							

莞	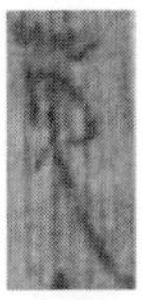 8.1686							28
莢	 8.2254							39
荼	 8.1532-							47
莫	 8.647	 8.1025	 8.1338					48
悉	 8.336							50
唯	 8.1252	 8.1552						57
趌	 8.1510-							66
造	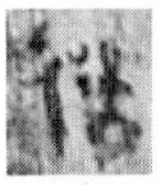 6.31	 8.19	 8.209	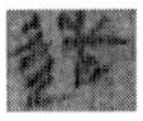 8.896	 8.1791			71
通	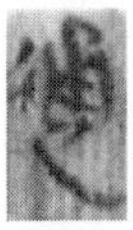 8.2014							72
逢	 8.538							72

逐	 8.672-	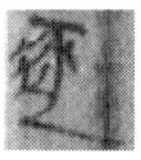 8.701-	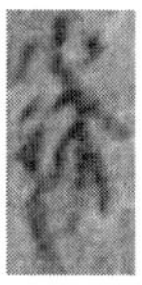 8.849					74
得	 5.17	 8.1712						77
	 8.125	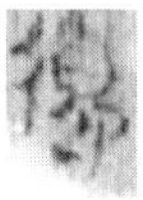 8.194	 8.659					
	 8.133	 8.2092						
御	 8.152	 8.532	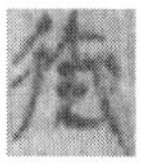 8.668	 8.757				78
章	 8.100.1	 8.648-	 8.682					103
異	 8.355	 8.1804						105
孰	 5.6	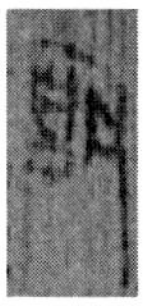 8.1230						114
曼	 8.1523-							116
毆	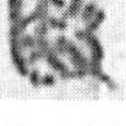 8.144	 8.539	 8.2088	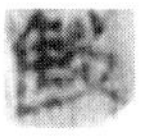 8.2451				120

	 8.1107	 8.1140						
將	 8.10	 8.529-	 8.1456	 8.1552				122
	 8.57	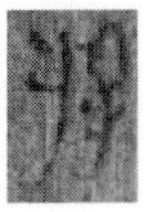 8.1252						
專	 8.380							122
啟	 8.610	 8.1078						123
啓	 8.157	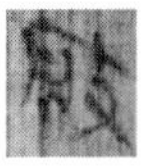 8.250	 8.677	 8.1224	 8.1445			123
莒	 8.607							125
赦	 8.1633							125
救	 8.2259							125
寇	 8.19	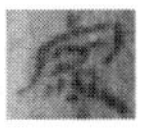 8.482	 8.756	 8.851				126

敗	 8.454	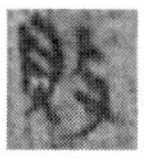 8.645	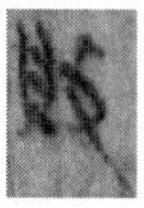 8.942					126
庸	 8.1245	 8.2015						129
爽	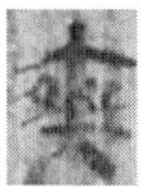 8.429							129
習	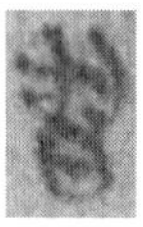 8.355							139
鳥	 8.1515	 8.1562						149
焉	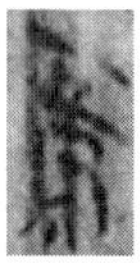 8.228							159
脩	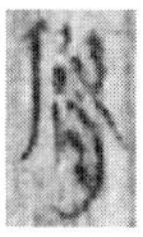 8.119							176
副	 8.454							181
符	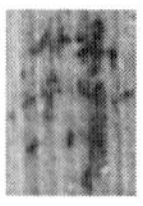 8.685	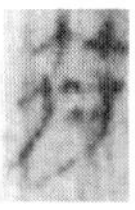 8.2152						193
笥	 8.145	 8.906	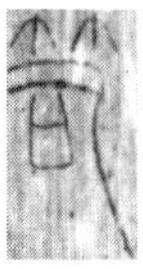 8.1532					194

箬	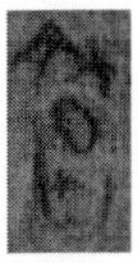 8.1379	 8.1943						198
第	 8.957 	 8.1363						201
曹	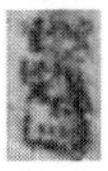 5.6	 8.98	 8.241	 8.480	 8.1201			205
盛	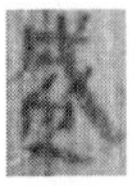 8.247	 8.478						213
麥	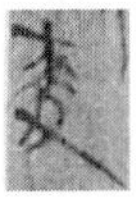 8.258							234
梅	 8.1664							241
梓	 8.71	 8.1445						244
梧	 8.376	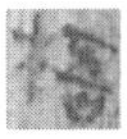 8.758						249
梯	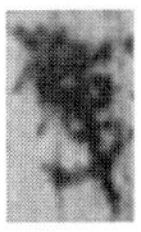 8.478							265
梜	 8.145							270

產	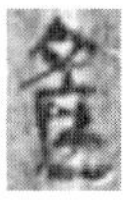 8.100.2	 8.534	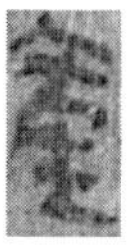 8.894	 8.1410	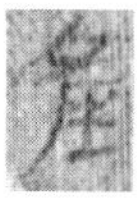 8.2214			276
桼	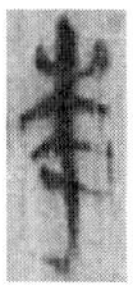 8.529	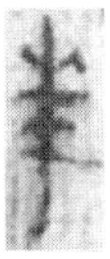 8.1900						278
責	 8.63	 8.284	 8.665	 8.1034				284
責	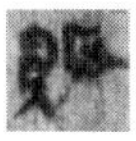 8.393	 8.1800	 8.2031					284
貧	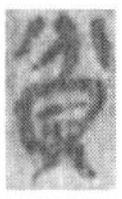 8.665							285
都	 8.6	 8.38						286
	 8.66-	 8.142	 8.247					
部	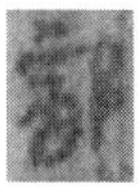 8.269	 8.573						289
鄭	 8.75	 8.166-	 8.1023					294
郤	 8.665-	 8.781						302

旌	 8.26	 8.1031	 8.1066					312
晨	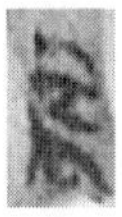 8.51	 8.77						316
參	 8.141	 8.771	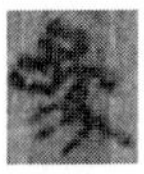 8.913					316
桼	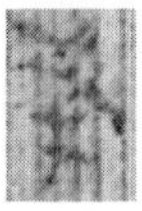 8.1452	 8.2014						325
移	 8.50	 8.122	 8.135	 8.757				326
春	 8.145	 8.216	 8.1576					337
宿	 5.1	 8.1517						344
寄	 8.1293-	 8.1734	 8.1883					345
疵	 8.657-	 8.2008						352
常	 8.1943							362

僷	 8.1442-							371
偕	 8.1558							376
假	 6.4	 8.135	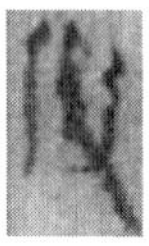 8.349	 8.1560				378
便	 8.141-							379
偏	 8.766	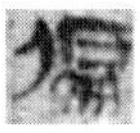 8.2169						382
偽	 8.209							383
頃	 8.1519-							389
從	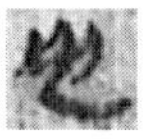 8.21	 8.687	 8.1269					390
	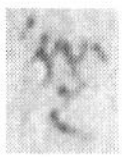 8.63	 8.69	 8.131	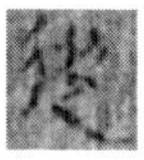 8.625	 8.777	 8.2209		
眾	 8.1555							391
殷	 8.2006-	 8.2063						392

衺	 8.135	 8.913	 8.1784	 8.1995				395
裘	 8.2296							402
船	 6.4	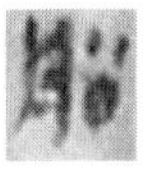 8.135	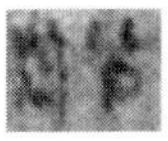 8.480					407
視	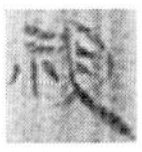 6.1-	 8.137	 8.138	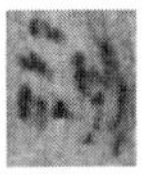 8.211	 8.262	 8.839		412
欲	 8.103	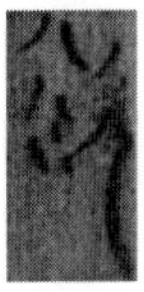 8.797	 8.2256					415
	 8.1442-							
密	 8.1079							444
豝	 8.522-							459
鹿	 8.713-							474
尉	 8.69	 8.346	 8.1785	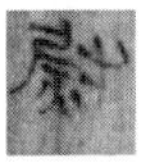 8.1835	 8.1944			487

	8.699-	8.979	8.1630	8.565				
奢	8.683							501
規	8.69-	8.1437-						504
惜	8.61-							517
涪	8.1094	8.1206						522
深	8.2088							534
渚	8.1797							545
淺	8.66	8.1184						556
魚	8.769	8.1022						580
配	8.197	8.656	8.896					599
捧	8.472							601
探	8.639	8.985						611

娶	 8.1083							619
婐	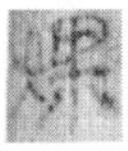 8.1950							625
婞	 8.145							629
婁	 9.1531							630
婥	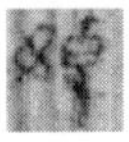 8.707-							632
匬	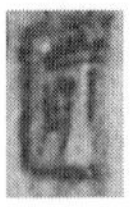 8.503							642
張	 8.95							646
終	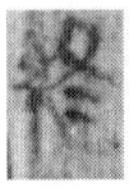 8.2390							654
組	 5.33	 8.756						660
絇	 8.913							664
強	 8.1259	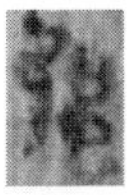 8.1824						672
堂	 8.211	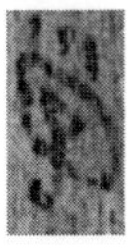 8.800	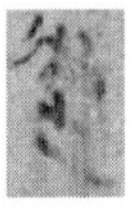 8.1037	 8.2249				692

野	 8.461							701
黃	 6.10	 8.894	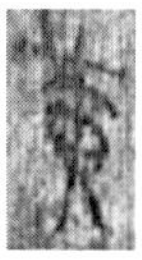 8.1976					704
務	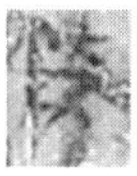 6.21	 8.454	 8.570					706
釦	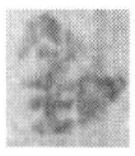 8.174-							712
處	 6.5	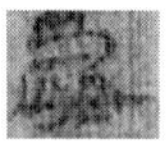 8.896	 8.1518					723
斬	 8.424							737
陵	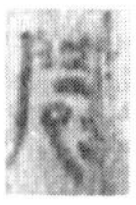 5.35	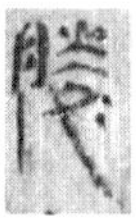 6.19	 8.12					738
	 8.78	 8.140	 8.311	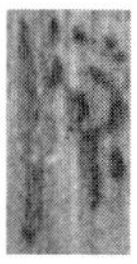 8.622				
	 8.507							
陰	 8.135	 8.307	 8.1545					738
陳	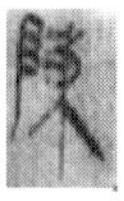 8.38							742

乾	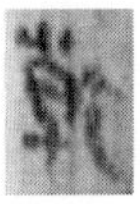 8.244	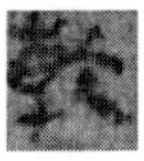 8.822	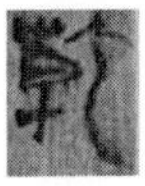 8.1022	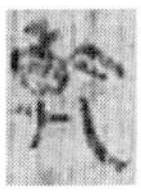 8.1515	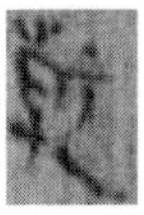 8.1772			747
	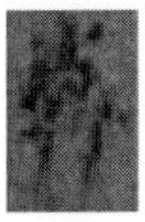 8.1057							
疏	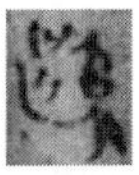 8.487	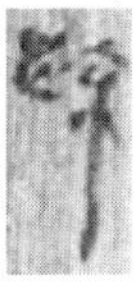 8.1434-	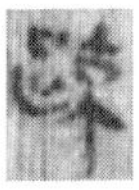 8.1517					751
寅	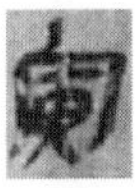 8.60	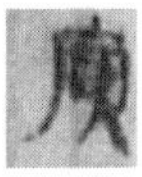 8.110	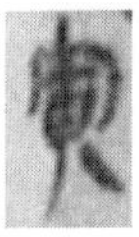 8.135-	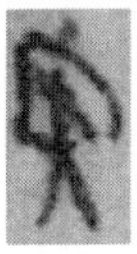 8.669				752
⿰㚔阝	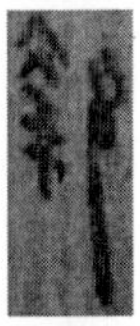 8.1025							
鈹	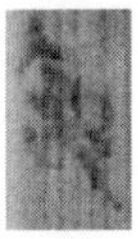 8.1014							
⿸广昏	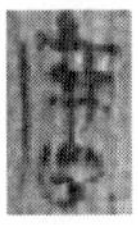 8.752							
⿰火⿱囟匕	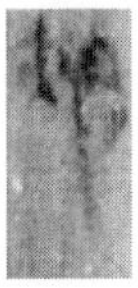 8.711-							
⿰木耴	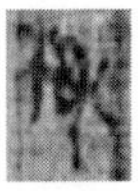 8.645							
釪	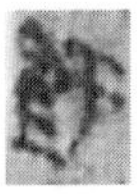 8.410							

炅	 8.276							
曺	8.239							
[illegible]	 8.149							
罨	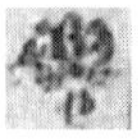 8.149							
带	 8.145							
陇	 8.133							
紘	 8.26							
𦐒	8.2246							
鄁	8.1811							
婌	 8.1584							
舸	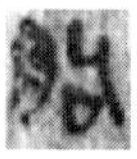 8.1579							
犇	8.1556-							

䟕	8.1531							
傛	 8.50							

十二畫	字　例							頁碼
祿	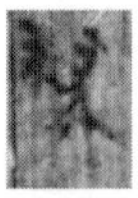 8.453							3
菅	 8.2148	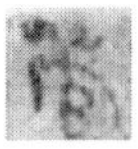 8.2473						28
菌	 8.459	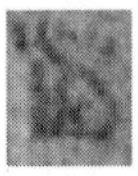 8.1689						37
萃	 8.2013							41
單	 8.92	 8.439						63
喪	 8.145							63
越	 8.323	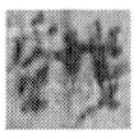 8.528						64
登	 8.429							68
進	 8.206-	 8.1529	 8.1817					71

徙	 8.63	 8.863	 8.1001	 8.1349				72
循	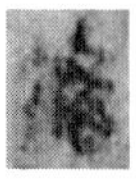 5.6	 8.797						76
復	 8.135	 8.137						76
矞	 8.1664							88
詑	 8.461							96
診	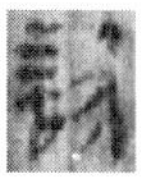 8.477	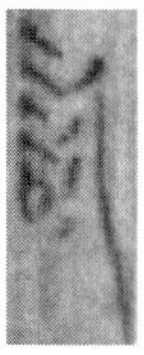 8.1732	 8.2035					101
詘	 8.172	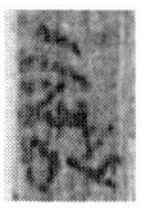 8.1122						101
善	 8.205							102
童	 8.2099							103
尋	 5.7							122

敞	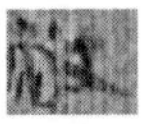 8.1545	 8.2006						124
敦	 6.4	 8.135	 8.406	 8.522	 8.1299			126
智	 8.135	 8.140	 8.190	 8.754				138
雋	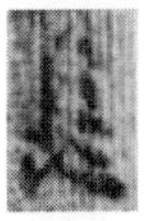 8.1578							145
雄	 8.1363							145
集	 8.2004							149
棄	 8.2544							160
幾	 8.180							161
舒	 8.2210							162
敢	 6.1-	 8.50	 8.55	 8.62	 8.570			163

	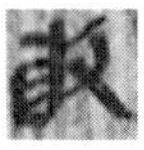 8.60	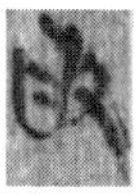 8.623	 8.2008					
	 8.664	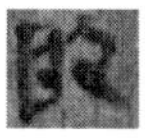 8.885						
隋	 8.682	 8.687						174
筋	 8.102							180
觚	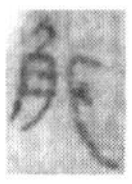 8.205-							189
等	 8.216	 8.442	 8.755	 8.757				193
喜	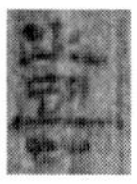 8.968	 8.1800						207
彭	 5.17	 8.105						207
就	 8.137-	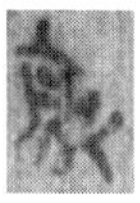 8.448	 8.2256					231
覃	 8.752							232
椄	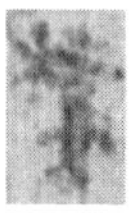 8.412							267

華	 6.14	 8.433						277
貸	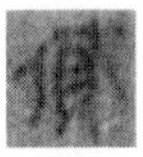 8.481	 8.1029						282
賀	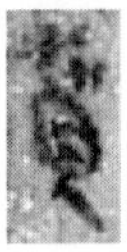 5.1	 8.82	 8.780	 8.822				282
貳	 8.163-	 8.673	 8.1147	 8.145	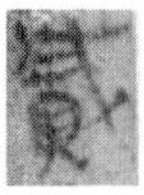 8.580			283
	 8.1548							
買	 6.7	 8.395	 8.664					284
費	 8.657							284
郵	 8.62-	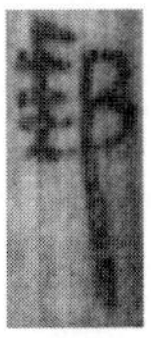 8.555						286
	 6.2	 6.19	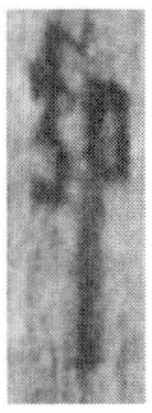 8.311	 8.1147				

郫	8.1025	8.1309						296
鄉	8.6	8.870	8.1548					303
	8.50	8.1147						
朝	8.144-	8.210	8.647-	8.657-				311
游	8.461							314
期	8.138	8.2083						317
粟	6.12	8.821	8.1088	8.1635	8.1647			320
稍	8.427							330
程	8.883	8.1139						330
富	8.56							343
窗	8.1584							348

痛	 8.876	 8.1221						351
痤	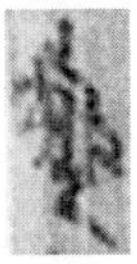 8.145	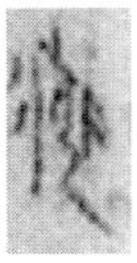 8.145-						353
詈	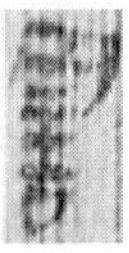 8.1562							360
晳	 8.534	 8.550						367
備	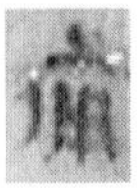 8.63	 8.197	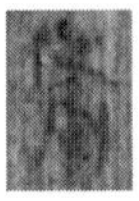 8.785	 8.2106				375
傅	 8.758							376
補	 8.71	 8.2106						400
[illegible]	 8.765							404
款	 8.145							415
盜	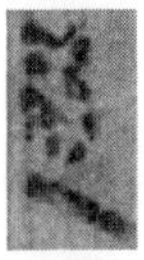 8.349	 8.573	 8.574					419
	 8.1049							

	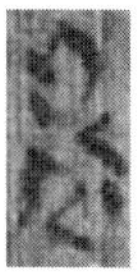 8.1252	 8.2313						
須	 6.11	 8.122	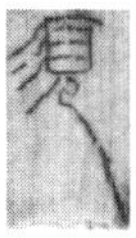 8.204-	 8.534				428
廄	 8.163							448
㲋	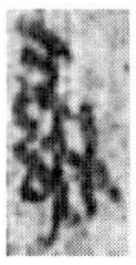 8.2491							461
象	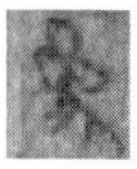 8.771	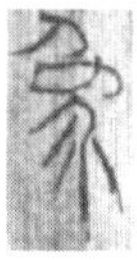 8.1556						464
然	 8.883							485
焦	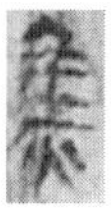 5.19							489
黑	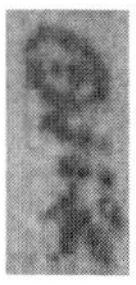 8.207	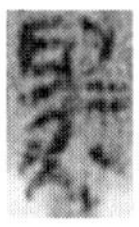 8.624	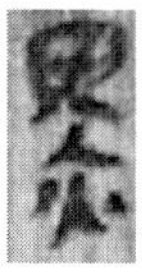 8.871					492
壹	 8.434	 8.711	 8.767	 8.875	 8.1620	 8.1893		500
報	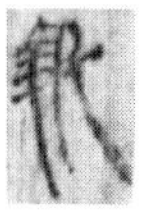 8.122	 8.135	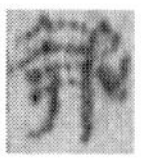 8.197	 8.687-	 8.731-	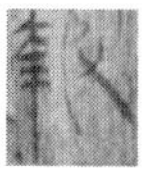 8.777	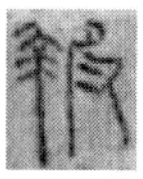 8.1842	501

惰	8.534	8.894						514
渭	8.239	8.1632						526
閒	8.798							595
提	8.488							604
揚	8.181-							609
揄	8.1540							610
援	8.915	8.1657	8.2030					611
婢	5.18	8.404						622
琴	8.215							639
無	5.22	8.143						640

發	8.104	8.506	8.878					647
	8.197	8.693-	8.1092	8.1607	8.2161			
	8.64-	8.601	8.2017					
結	8.247							653
給	8.197	8.454	8.583	8.2166				654
絇	8.1537							655
絝	8.1356							661
絡	8.158							666
絲	8.254	8.2226						669
堪	8.754-	8.2030						692

塞	 8.461							696
鈞	 8.1048							715
軫	 8.780	 8.822	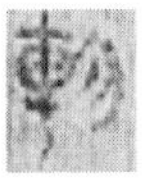 8.1515					730
鉅	 8.519							721
軺	 8.175							728
陽	 5.22	 6.11	 8.105	 8.453	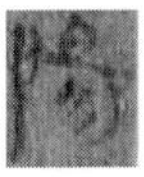 8.834			738
	 8.63	 8.713						
隄	 8.210							740
隃	 8.269							742
孱	 8.807							751
戜	8.145							

萛	8.133							
答	5.19							
㟞	5.5							
箭	8.70	8.1913						
詔	8.461	8.703-						
[illegible]	8.300							
軲	8.1680							
桥	8.1608							
絨	8.1520							
梭	8.1243							
愴	8.1243							

軴	8.1219							
莾	8.1206							
窨	8.904	8.993						
[illegible]	8.707							

十三畫	字　例							頁碼
福	8.717-	8.2014	8.2247					3
禁	8.13	8.1397						9
葉	5.19							38
葦	6.6							46
葆	8.62	8.657-						47
嗛	8.682							55

歲	 8.16	 8.269	 8.537	 8.758				69
	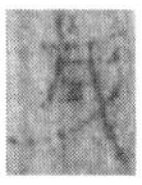 8.508	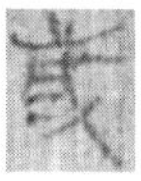 8.550						
	 8.627							
過	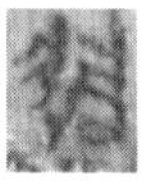 8.422	 8.702-	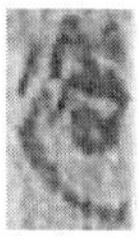 8.761	 8.1517	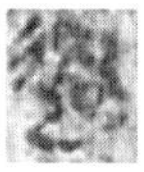 8.2548			71
	 8.1139	 8.2046						
運	 8.31							72
遏	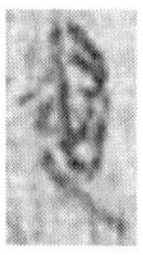 8.145							75
遱	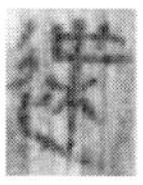 8.1442-							75
道	 8.174	 8.547	 8.573	 8.665	 8.2000			76
喿	 8.1552							85

路	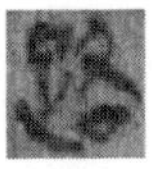 8.1014							85
鉤	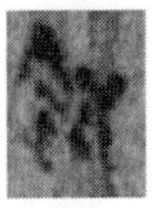 8.218							88
誠	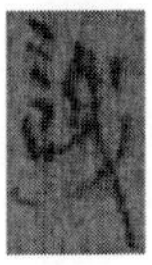 8.1222							93
詣	 8.376	 8.1252	 8.2128					96
	 8.57	 8.1626						
訾	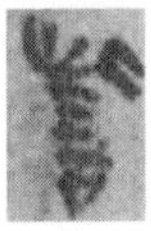 8.198							98
詰	 8.231	 8.1953						101
與	 8.68-	 8.668	 8.1057	 8.1557	 8.1603	 8.1770		106
殿	 8.1516	 8.2186	 8.2200					120
群	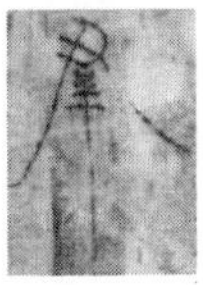 8.94	 8.132						148

羣	 8.837	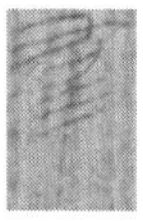 8.1777						148
腹	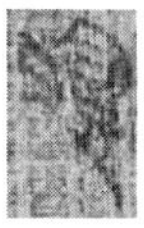 8.171	 8.1718						172
解	 8.380	 8.874						188
	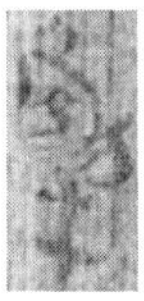 8.691	 8.1076	 8.2223					
節	 8.64	 8.169	 8.1221					191
筥	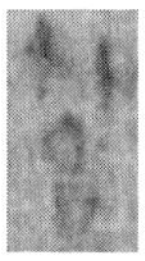 8.900	 8.1074						194
鼓	 8.753							208
會	 8.24	 8.577	 8.1258					226
嗇	 5.1	 8.141	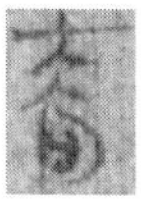 8.508	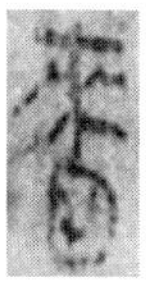 8.568				233

稾	 8.45	 8.217	 8.448	 8.1222	 8.1238			233
	 8.56	 8.1059						
楗	 8.406							259
椱	 8.1680							265
槎	 8.355							271
楬	 8.92							273
園	 8.145	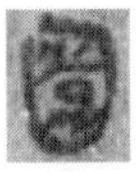 8.454						280
資	 8.269	 8.429						282
賈	 8.466	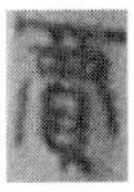 8.683	 8.1047	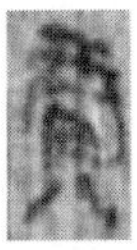 8.2015				284
眥	 6.32	 8.60	 8.213	 8.284	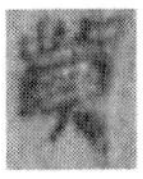 8.353	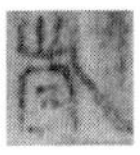 8.667-		285

	 8.11	 8.197-	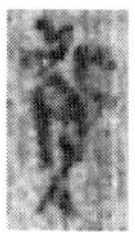 8.232	 8.300	 8.2294			
虜	 8.757							319
粲	 8.145	 8.1340						334
	 8.805	 8.1631						
索	 8.63-	 8.1775	 8.1841	 8.1913				345
罪	 8.755	 8.811	 8.884					359
置	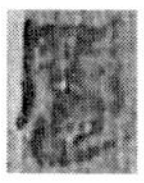 8.1271							360
署	 8.63	 8.64-	 8.140	 8.750	 8.1588			360
幏	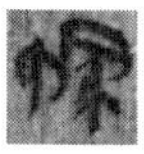 8.998							364
傳	 8.255	 8.461	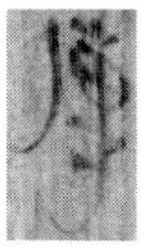 8.564	 8.1038				381

	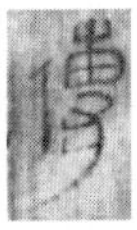 8.54	 8.416	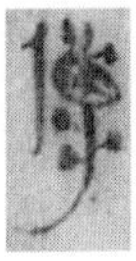 8.673-					
僞	 8.1263							382
傷	 8.1057	 8.1600						385
裝	 8.735							400
褭	 8.2186							400
歐	 8.755-	 8.759						415
煩	 8.63							426
辟	 8.69	 8.680						437
敬	 6.16	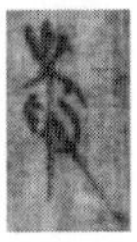 8.221	 8.644	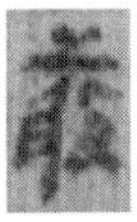 8.659	 8.2246			439
廉	 8.1238	 8.1557						449

狠	 8.1519							460
鼠	 8.1057	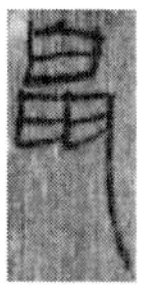 8.1242						483
意	 8.771-	 8.1446- 	 8.1525	 8.2084				506
愼	 8.1443							507
愛	 8.567							510
感	 8.45	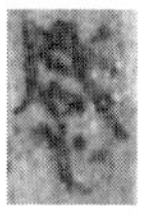 8.211	 8.1192	 8.1286				517
	 8.48							
	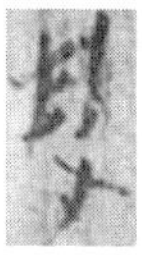 8.520							
溫	 8.669-	 8.1221						524

滂	 8.63							552
滑	 8.48							556
溲	 8.793							566
零	 5.1	 8.375	 8.519	 8.1886				578
聘	 8.569							598
賊	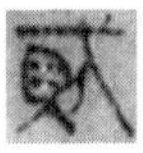 8.574	 8.2313						636
義	 8.135	 8.1007	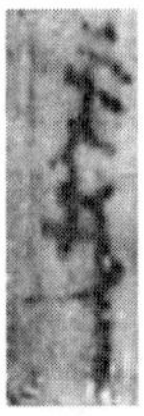 8.2370					639
甄	 8.31	 8.780	 8.1143					644
蜀	 8.660-	 8.1041						672
畸	 8.118	 8.864	 8.1280					702

當	 5.1	 8.98	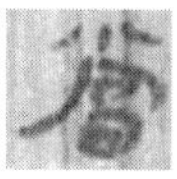 8.175	 8.665	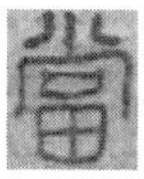 8.1201			703
募	 8.132							707
勢	 8.2089							707
載	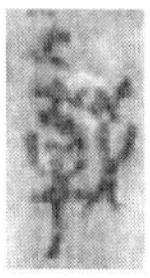 8.73	 8.162	 8.1525					734
萬	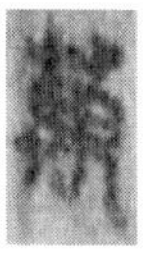 8.423	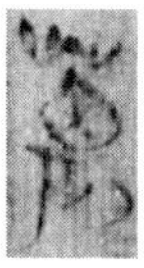 8.517	 8.552	 8.1052				746
孱	 8.467							751
新	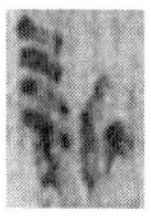 8.649	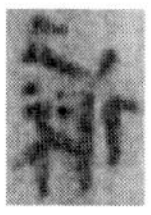 8.1206	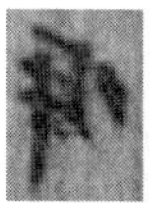 8.1677					754
鈷	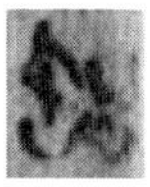 8.1798							
貉	 8.1437-							
漿	 8.1143							

裛	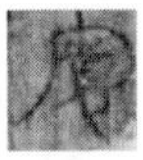 8.472	 8.987						
衛	 8.322	 8.845	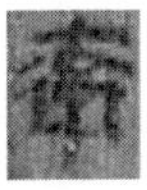 8.927					
[illegible]	 8.217							
𧝓	8.149							
㒩	 8.140	 8.2101						

十四畫	字　　例							頁碼
瑣	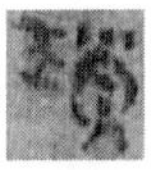 8.1343	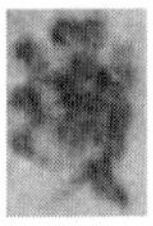 8.2089						16
蒲	 8.1134							28
蒼	 8.376	 8.758						40
蓋	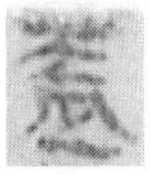 8143							43
蒙	 8.126							46

蓐	 8.395	 8.1861						48
趙	 8.140	 8.767	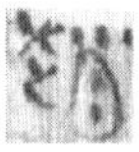 8.1478	 8.1690				66
遝	 8.133	 8.144	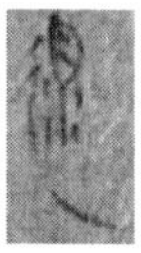 8.1045	 8.1423				71
遣	 8.100.1	 8.143	 8.278	 8.1558				73
	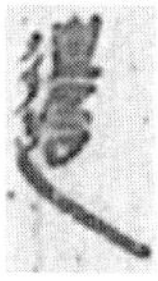 8.144	 8.213	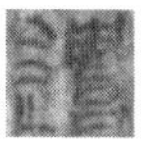 8.419	 8.2002				
遠	 8.78	 8.2000						75
誨	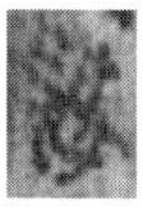 8.298							91
說	 8.873	 8.2027						94
誧	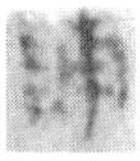 8.135							95
詐	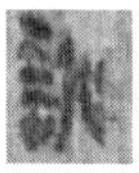 8.209	 8.1423						97

誤	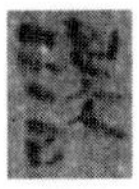 8.557							98
僕	 6.7	 8.137	 8.190	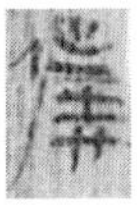 8.756				104
鞅	 8.2019-							111
轂	 8.528	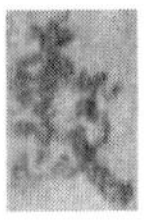 8.674	 8.1032					120
習	 8.458							134
翥	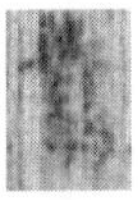 8.1523-	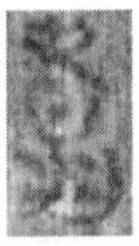 8.2036						140
雒	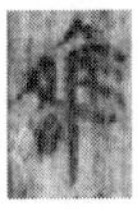 8.232							142
雌	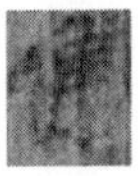 8.495							145
罰	 8.429	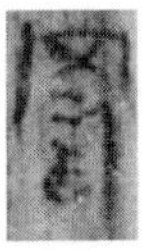 8.707	 8.2246					184
耤	 8.782	 8.2263						186
箬	 5.10							195

箕	 8.2098							201
嘗	 8.1849							204
嘉	 5.1	 8.439						207
盡	 8.16	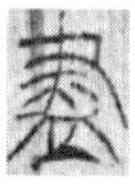 8.214	 8.757					214
	 8.776	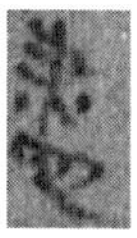 8.1798						
	 8.78-	 8.110	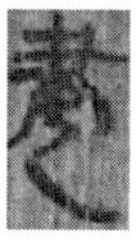 8.883	 8.1868				
槐	 8.217	 8.1514						248
榦	 8.529-	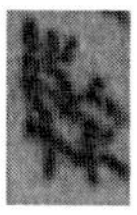 8.1831						255
椶	 6.4	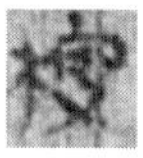 8.1510						270
圖	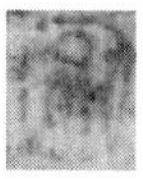 8.543							279
鄲	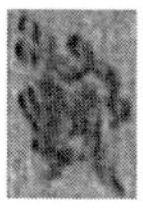 8.894							292

鄢	8.807							295
齊	8.1320	8.1604						320
牒	8.175	8.225	8.235	8.551	8.1565			321
實	5.19	8.455	8.837	8.1221				343
寡	8.19	8.1236						344
偃	8.1496	8.1953						385
[illegible]	8.665	8.665-						387
聚	8.1434							391
壽	8.1580							402
廐	8.677							448

厭	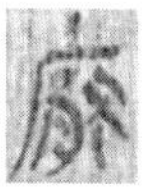 8.755	 8.757						452
獄	 5.22	 8.135	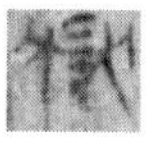 8.492	 8.1886				482
端	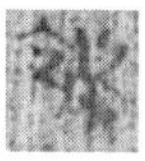 8.173-	 8.894	 8.1066					504
竭	 8.1275							505
愿	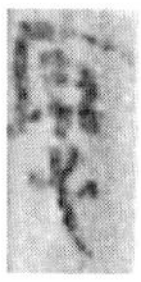 8.1554							508
惡	 8.344	 8.534	 8.811	 8.1363				516
漕	 8.2191-							571
需	 8.1361							580
聞	 8.532	 8.1363						598
捽	 8.167-	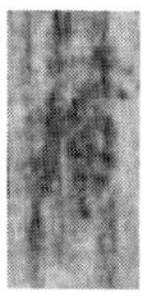 8.1848						601

摻	 8.2101							617
嫯	 8.918							631
匱	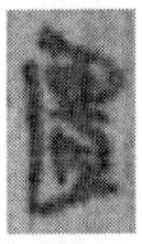 8.244							642
綺	 8.1784							654
練	 8.34							655
綰	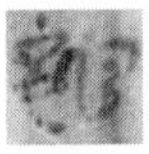 8.674							656
綬	 8.1169							660
綽	 8.145	 8.740-	 8.787	 8.2099				669
銅	 8.2227							709
銜	 8.28	 8.359	 8.1060	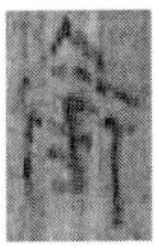 8.1354	 8.2030			720
軏	 8.101							729

疑	8.340	8.997						750
鞞	8.95							
葢	8.190							
般	8.181-							
穀	8.171-							
晉	8.1577							
郭	8.220							
粼	8.260							
悳	5.9							
諴	8.1570							
魰	8.1520							

䡶	8.980							
嬣	 8.1710	 8.2101						
鋝	 8.566							

十五畫	字　例							頁碼
菡	 8.1531							30
蔓	 8.765							36
蔡	 8.876							41
蓬	 8.109	 8.386	 8.1558					47
審	 8.140	 8.547	 8.997					50
適	 8.50	 8.68	 8.885	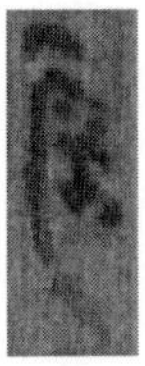 8.1223	 8.1468			71

	 8.1029							
遷	 5.35	 8.189						72
	 8.60	 8.63	 8.188	 8.507	 8.1553			
	 6.2	 8.181	 8.589	 8.1826				
遬	 8.1642							72
德	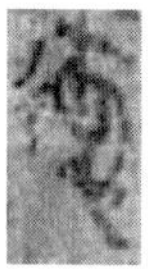 8.1066	 8.1569						76
徸	 8.2102							77
鹵	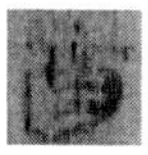 8.892							79
踐	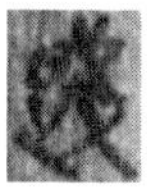 8.651							83
請	 8.200	 8.536	 8.855					90

談	 8.2215							90
諸	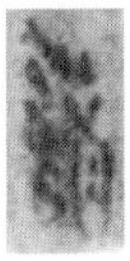 8.130							90
論	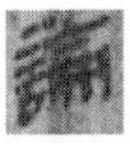 8.164	 8.665	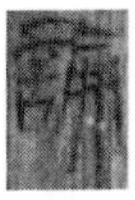 8.775					92
	 8.777	 8.1125						
課	 6.16	8.137						93
	 8.479	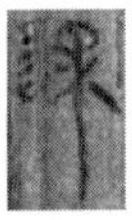 8.482						
臧	 8.197-	 8.1146						119
	 8.977	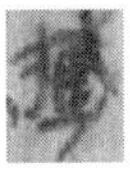 8.1721						
徹	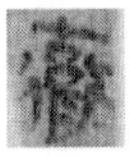 8.1162	 8.1579						123
數	 5.18	 8.67	 8.154	 8.1067				124
魯	 8.258							138

鴈	 8.410	 8.444						154
劍	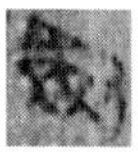 8.519							185
箭	 8.454							191
養	 8.145	 8.756	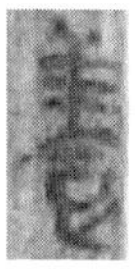 8.773	 8.1560				222
餔	 8.728-	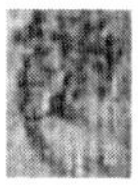 8.2213						223
餘	 8.151	 8.1579						224
樓	 8.875							258
樂	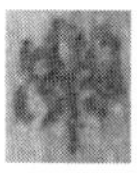 8.925	 8.1286	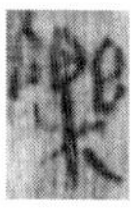 8.2026					267
橋	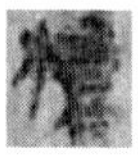 8.519							269
楷	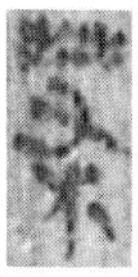 8.648	 8.1394						273

賣	 8.102	 8.490	 8.771					275
賜	 8.624	 8.1222	 8.1786	 8.2203				283
賞	 8.1883	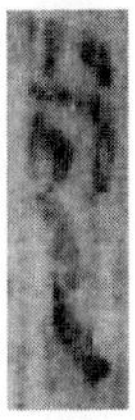 8.2095						283
質	 8.522	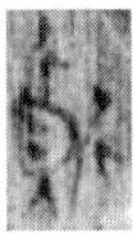 8.1499-						284
賦	 8.104							284
賤	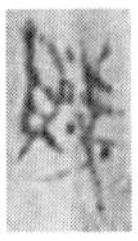 8.100.1							284
鄭	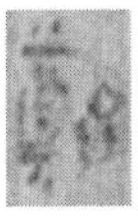 8.376	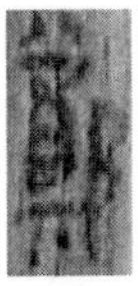 8.850						289
鄧	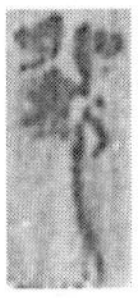 8.136							294
暴	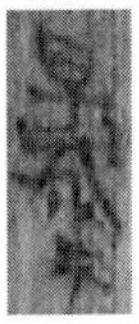 8.1221	 8.1243						310

稼	 8.776	 8.2316						323
稡	 8.2210							324
稻	 8.7	 8.211	 8.275					325
稾	 8.1483							329
寫	 8.21	 8.166-	 8.197	 8.477	 8.796	 8.1219		344
窯	 8.2030	 8.2040						347
窮	 8.970							350
罷	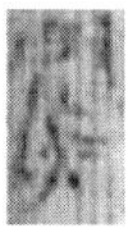 8.1977							360
觲	 8.533							364
儋	 8.145							375
徵	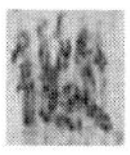 8.657	 8.1441-	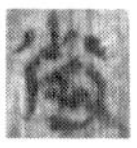 8.2027					391

監	 8.270	 8.668	 8.814	 8.917	 8.1032			392
履	 8.143-	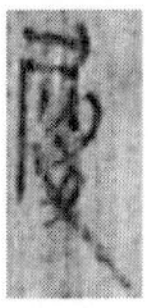 8.310						407
歐	 8.209	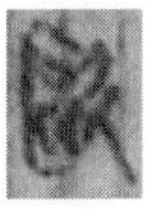 8.210	 8.1584					416
歙	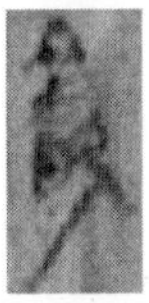 8.1290	 8.1397	 8.1976					418
頡	 8.529-							424
髮	 8.534	 8.537	 8.1003					430
誘	 5.5							441
廡	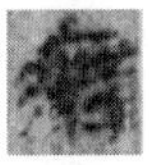 8.519	 8.780						448
廣	 8.455							448
廢	 8.178							450

廟	 8.138	 8.145							450
豬	 8.461	 8.950							454
駕	 8.149								469
駔	 8.76								472
獎	 8.1520								478
埶	 8.1620								490
慶	 8.78	 8.138-	 8.163	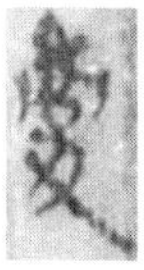 8.522-					509
潼	 8.71	 8.1445							522
澍	 8.682								562
閬	 8.931	 8.2191-							594
閱	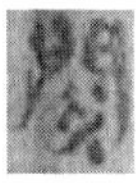 8.269								596

嬈	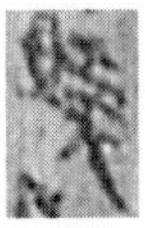 8.145							631
緣	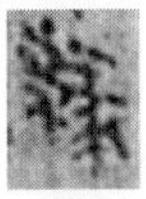							661
緎	 8.913							664
緩	 8.1641							669
增	 8.1583	 8.1839						696
堇	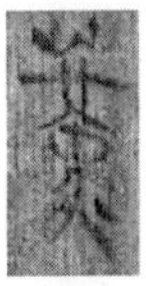 8.837							700
勮	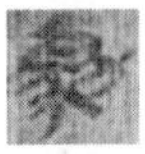 8.1514							707
銷	 8.453							710
輬	 8.175							728
輪	 8.95							731
範	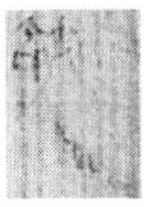 6.1-							734

輗	 8.66							736
辭	 8.25	 8.93	 8.209	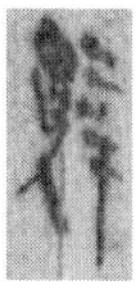 8.246	 8.378	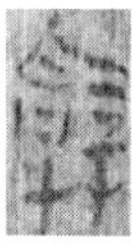 8.691		749
	 8.1008							
醇	 8.1221							755
墅	 8.67	 8.2153						
⿰女曾	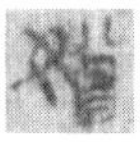 8.550							
樛	 8.135	 8.1943						
圚	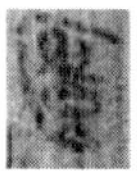 8.1680							
 彩	 8.1664							
⿰亻稟	 8.839	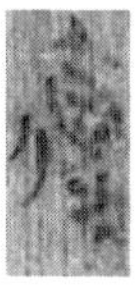 8.1031						
儌	 8.831							

駵	8.780	8.1146						
鼂	8.1620							
駋	8.1450							
歐	8.1298	8.1764						
劇	8.2089							
箾	8.1913							
縣	8.1047	8.1262						
獊	8.969							
潰	8.1369							

十六畫	字　例							頁碼
機	6.25							64

遺	 8.647	 8.1799						74
徼	 8.1529							76
器	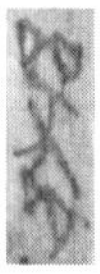 8.435	 8.584	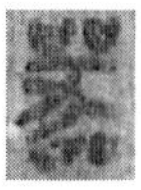 8.893					87
謁	 8.55	 8.63	 8.164	 8.477				90
謂	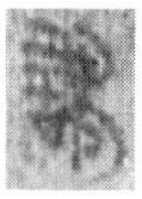 8.456	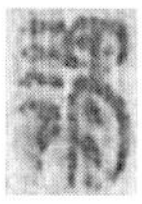 8.755	 8.2159					90
諆	 8.2364							92
諯	 8.648	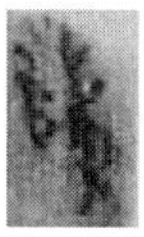 8.1349						100
諜	 8.1386							102
豎	 8.1008							119
學	 8.1451							128
翰	 8.1259	 8.1662						139

辨	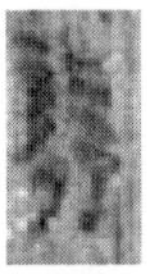 5.1	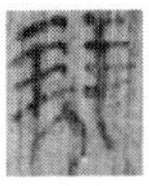 8.682	 8.1978					182
衡	 8.1234							188
𢡺	 8.67-							207
盧	 8.769							214
靜	 5.1	 8.1356						218
樺	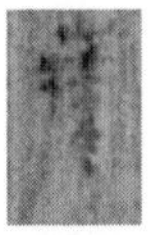 8.1043							247
橫	 8.1226	 8.1434-						270
橐	 8.145	 8.2260						279
圜	 8.1866							279
賢	 8.133-							282

賴	 8.2495							283
穎	 8.307							326
積	 8.135	 8.552	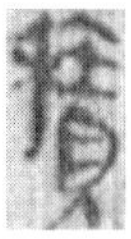 8.1631					328
黎	 8.43							333
瘳	 8.10	 8.790	 8.811	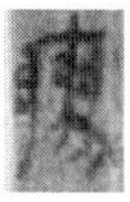 8.936				356
錦	 8.1751							367
褱	 8.781	 8.1574						401
親	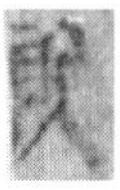 8.71							414
縣	 8.122	 8.573	 8.1919					428
	 8.461	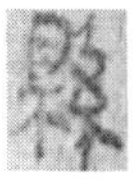 8.757						
	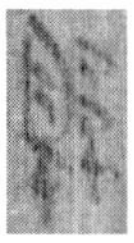 8.954	 8.1034						

廥	 8.474	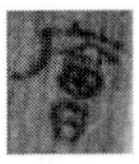 8.1787						448
豫	 8.444							464
獨	 8.38	 8.141	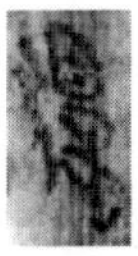 8.2124					480
燔	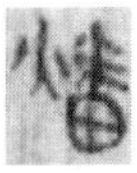 8.1620							485
黔	 8.197	 8.223	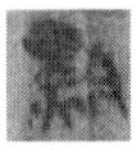 8.290	 8.1796				493
鯩	 8.1022							586
燕	 8.534							587
龍	 8.1496							588
闇	 8.92	 8.1437-						593
操	 8.173	 8.439						603
攄	 8.86-	 8.356						603

擇	 8.313	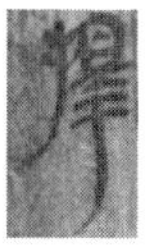 8.777	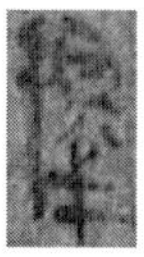 8.839						605
舉	 8.152	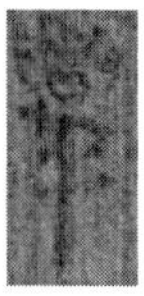 8.1054							609
嬗	 8.2034								627
戰	 5.29								636
縑	 8.2516								655
錄	 8.480	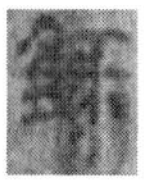 8.481	 8.493						710
錢	 6.5	 8.63	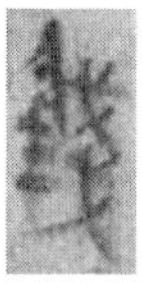 8.350	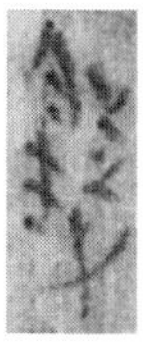 8.597	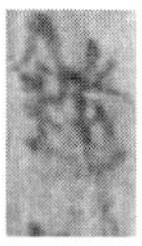 8.771				713
輸	 8.162	 8.454	 8.2166	 8.2518					734
險	 8.51								739
盞	 8.207								

[illegible]	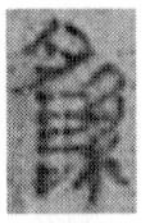 8.197							
䙨	5.33							
覲	6.1-							
粈	8.1584							
曈	 8.1201							
 [illegible]								
輚	 8.611							
憎	 8.533							

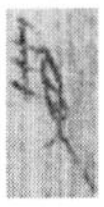

十七畫	字例							頁碼
環	 8.656	 8.1583	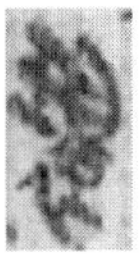 8.2101					12
薄	 8.551	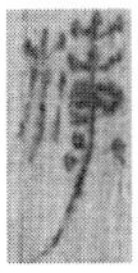 8.757						41

	 8.434	 8.815					
薪	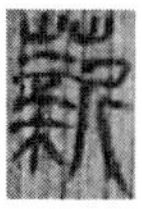 8.805	 8.1057					45
避	 8.2256						73
謝	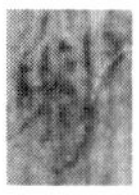 8.208-	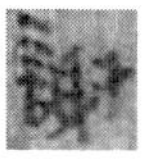 8.988	 8.2304				95
膾	 8.1151						96
鞫	 8.258	 8.2191-					109
隸	 6.7	 8.1343	 8.1671				119
	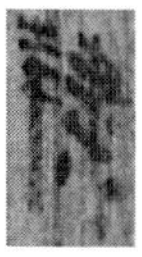 8.863	 8.911	 8.1558				
斂	 8.1629						125
瞷	 8.1042						134

瞫	 8.877							135
噂	 8.197-	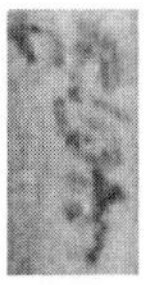 8.1554						138
糞	 8.329	 8.1950						160
臂	 8.151							171
膻	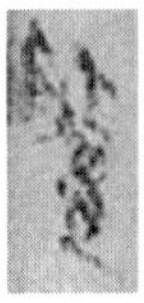 8.166	 8.656	 8.1563					173
爵	 8.247	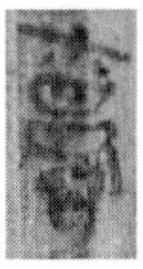 8.330	 8.702-	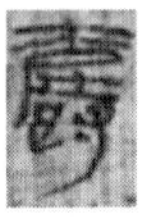 8.2188	 8.2551			220
韓	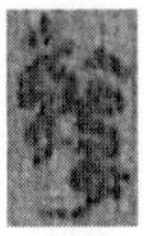 8.894							238
橿	 8.1221							247
檀	 8.581	 8.679-						249
購	 8.1008	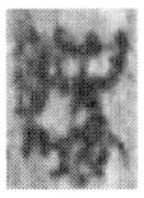 8.1461	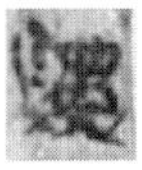 8.1572					285

穉	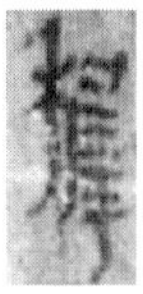 8.2093							324
㽉	 8.648							352
巇	 8.662-							364
償	 8.1532							378
臨	 8.66	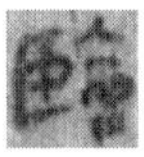 8.695	 8.970	 8.1416				392
襄	 8.184	 8.809	 8.2246					398
襍	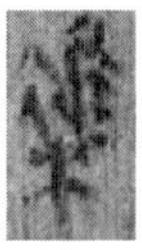 8.1298	 8.2035						399
歠	 8.39 	 8.938						417
獲	 8.754	 8.1558	 8.2161					480

毀	 8.1057							483
燥	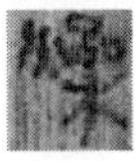 8.1243							490
谿	 8.519							575
鮫	 8.769							585
鮮	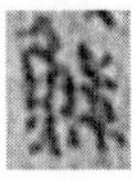 8.145							585
闌	 8.1230							595
聲	 8.1363							598
擊	 8.145							615
嬰	 8.217	 8.863						627
戲	 8.1094							636
縱	 8.70	 8.1107						652

縵	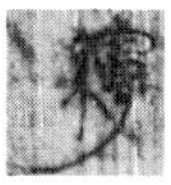 8.14							655
繆	 8.70	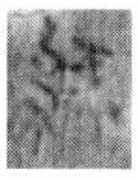 8.786	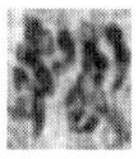 8.2471					668
鍇	 8.1191							709
鍭	 8.1260							718
轀	 8.175							727
輿	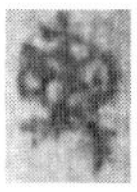 8.412	 8.461						728
[illegible]	 8.488	 8.1441-						
雗	 8.487	 8.1351						
繢	 8.145							
纇	8.145							
憒	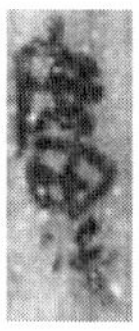 6.4	 8.135-	 8.138-					

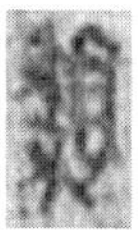

	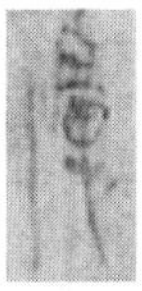 8.63							
[illegible]	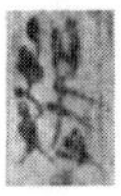 8.39							
篷	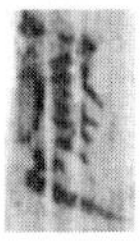 8.2283							
⿰飠負	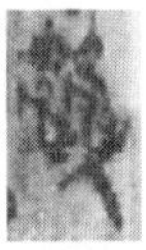 8.169	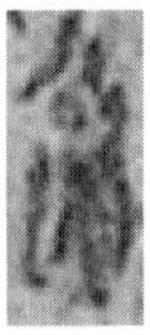 8.663	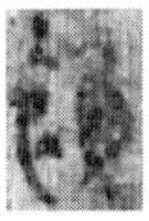 8.1467	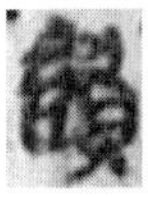 8.2101				
⿰坴負	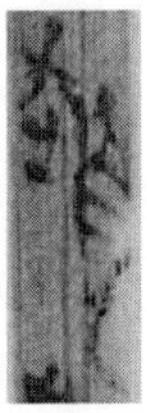 8.1284							
鐵	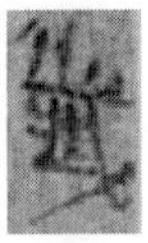 8.1334							
遞	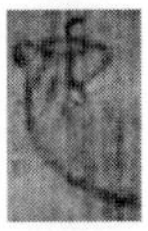 8.1350							
簉	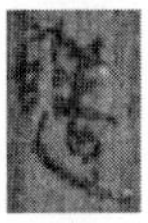 8.1237							

十八畫	字例							頁碼
禮	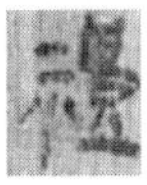 8.755	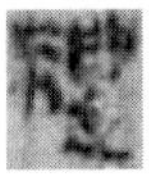 8.2159	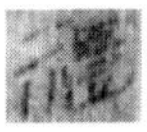 8.2164					2

歸	6.35-	8.135	8.140	8.547	8.777	8.2030	8.2408	68
謹	8.138	8.155						92
警	8.489	8.528						96
謾	8.503							97
鞮	8.458	8.1577						109
鞏	8.95							109
雂	8.1864							145
雚	8.1322							146
簡	8.113							192
贅	8.1743							284

字								頁
癘	 8.238							354
覆	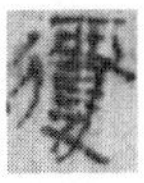 8.141	 8.492	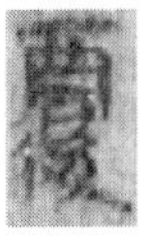 8.1897					360
雜	 8.210							399
簪	 8.752	 8.1866						410
騎	 8.461	 8.532-						469
鞫	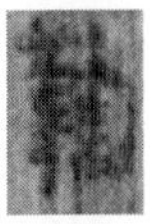 8.209-	 8.353						501
瀆	 8.1407							559
闒	 8.1386							593
闗	 8.1185							596
職	 8.2147	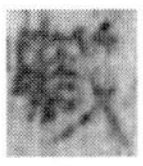 8.2451						598

聶	 8.751							599
織	 6.25	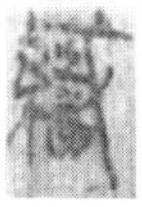 8.756	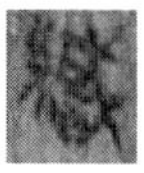 8.1680					651
繞	 8.107	 8.1066						653
繚	 8.537							653
繒	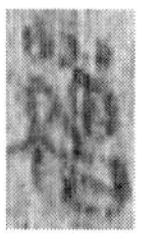 8.1751	 8.2204						654
繕	 8.69	 8.567	 8.569					663
鼂	 8.179	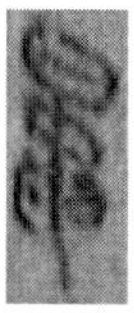 8.1783						686
斷	 8.1054	 8.1874						724
轉	 8.2010							734
醫	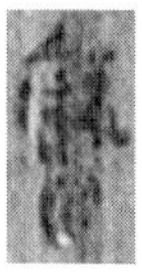 8.483							757

魏	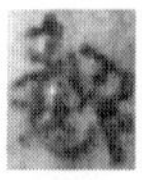 8.2098							
醮	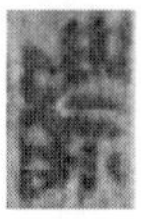 8.761							

十九畫	字例							頁碼
藍	 8.1557							25
藥	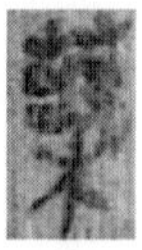 8.1243							42
蔡	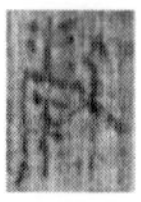 8.1526-							54
識	 8.1882							92
譊	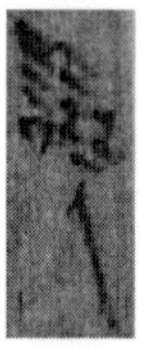 8.1301	 8.1584						96
䜌	 8.1997							98
雞	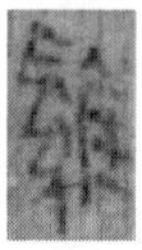 8.950							143
羸	 8.143							148

竈	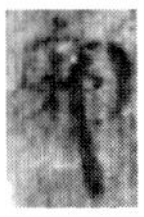 8.2123							287
牘	 8.169	 8.499	 8.1654	 8.2146				321
穫	 8.143-							328
羅	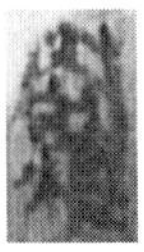 8.326	 8.569	 8.1886					359
鬢	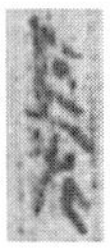 8.193							430
廬	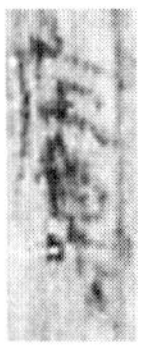 8.1873	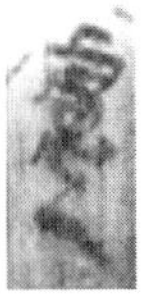 8.2056						447
靡	 8.28	 8.650						588
關	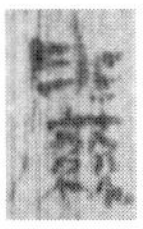 8.206							596
擾	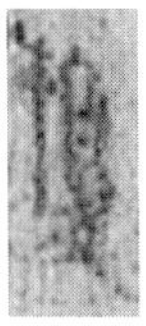 8.663							607

繭	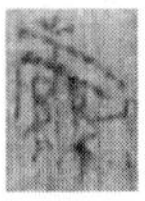 8.96	 8.889						650
繫	 8.144							666
壞	 8.781							698
疇	 8.454							701
齍	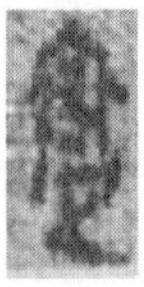 8.169							
簿	 8.16	 8.62						
蹱	 8.1959							
[illegible]	 8.985							
韓	 8.925	 8.2161						
歡	 8.673	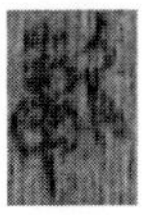 8.814	 8.917	 8.1171				

臋	 8.348	 8.865	 8.1517					
癄	 8.8	 8.41	 8.25	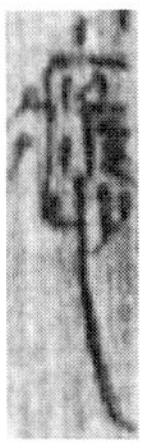 8.1564				

二十畫	字例							頁碼
蘇	 8.1194							24
穉	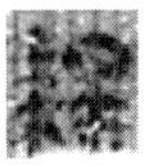 6.9							50
譴	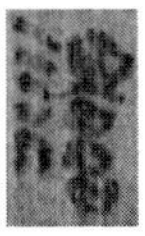 8.1077							100
競	 8.135	 8.896						102
籍	 8.477	 8.1518	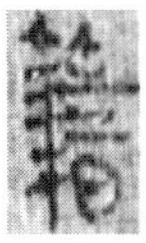 8.1624					192
饒	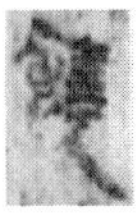 8.55	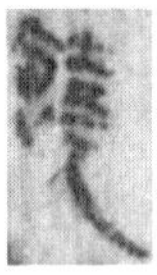 8.739-						224
贏	 8.533	 8.584	 8.2042					283

屬	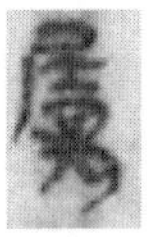 8.34	 8.63	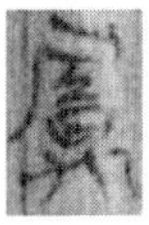 8.523	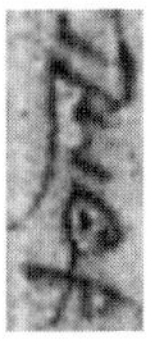 8.1645				406
騷	 8.894							472
瀌	 8.1200- 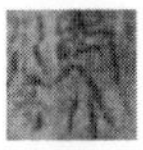	 8.1588						474
騰	 5.1	 6.25	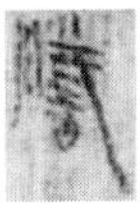 8.1564					473
獻	 8.855	 8.1022	 8.1438-					480
甗	 8.2246							644
繹	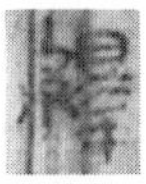 8.69	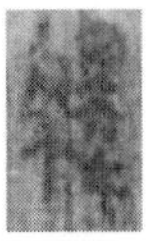 8.759	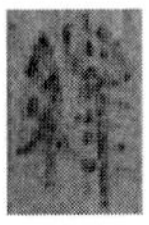 8.1101					650
續	 5.1	 8.1517						652
繻	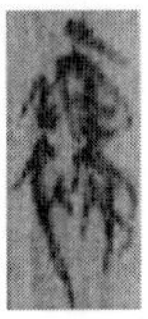 8.1356							658

鐔	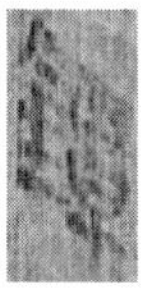 8.1373							717
轙	 8.2255							733
醴	 8.2319							754
[illegible]	 8.1237							

二十一畫	字　　例							頁碼
蘭	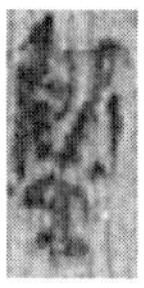 8.752							25
蘩	 8.307	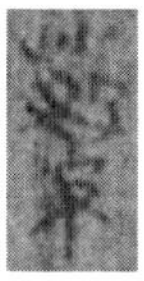 8.466						47
護	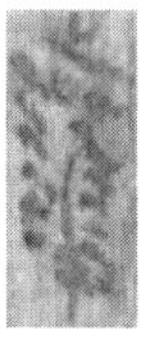 8.1692							95
鬈	 8.383	 8.1548						278
齎	 5.1	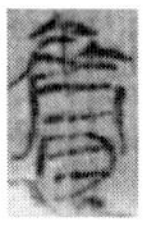 8.1168						282

竈	 8.752							347
巍	8.1070							441
廱	 8.1811							447
騶	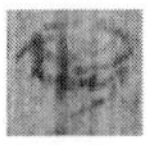 8.209							472
蘯	 8.135							532
灌	 8.162							536
續	 8.50							652
鐵	 8.386							709
鑈	 8.454							
鐶	 8.410							

二十二畫	字　　例							頁碼
讀	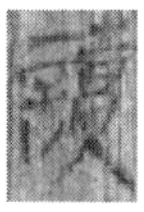 8.775							91
讂	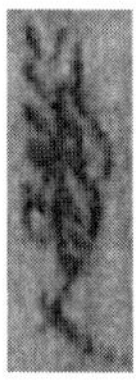 8.944							101
權	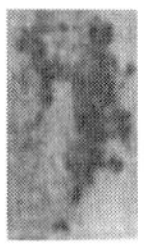 8.386							248
贖	 8.775	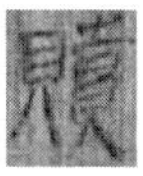 8.884	 8.1958					284
酈	 8.316							303
襲	 8.753-	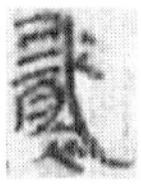 8.1518	 8.1560	 8.1721				385
驕	 8.657-							468
灑	 8.529							570
聽	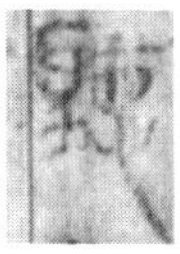 8.69	 8.133	 8.135	 8.213	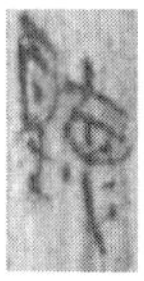 8.600			598

臞	 8.477	 8.2049-						
[illegible]	 8.454							

二十三畫	字　　例							頁碼
齰	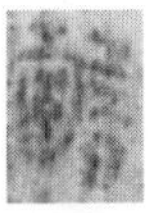 8.533	 8.1938	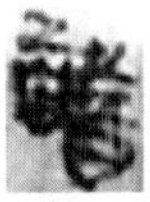 8.2137					80
雔	 8.173							90
讐	 8.2181							100
變	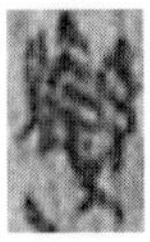 8.145							125
籥	 8.1900							192
鞏	8.2019-							
讓	8.665							

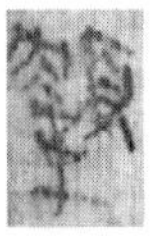

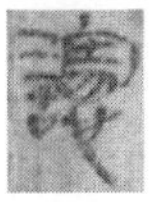

二十四畫	字	例						頁碼
[illegible]	 8.84-							27
贛	 8.459	 8.1525	 8.2088					283
[illegible]	 8.36	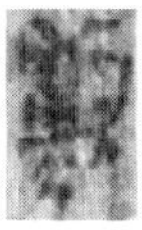 8.477	 8.1108					422
蘩	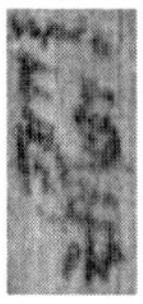 8.982							

二十五畫	字	例						頁碼
觀	 8.461							412
鹽	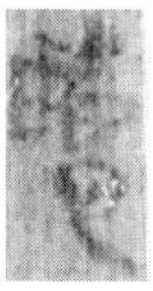 8.650							592

二十七畫	字	例						頁碼
鱸	 8.1705							

其他	字　例							頁碼
七十	 6.15	 6.23						
長木	 6.17							
月七	 8.682							

附錄二　筆畫檢索

五畫

六畫

七畫

九畫

十畫

十一畫

十二畫

十三畫

十四畫

十八畫

十九畫

二十畫

二十一畫

二十二畫

二十三畫

二十四畫

二十五畫

二十七畫

其他